ENTRE AS MÃOS

JULIANA LEITE
ENTRE AS MÃOS

3ª edição

EDITORA RECORD
RIO DE JANEIRO • SÃO PAULO
2024

CIP-BRASIL. CATALOGAÇÃO NA PUBLICAÇÃO
SINDICATO NACIONAL DOS EDITORES DE LIVROS, RJ

L547e
3ª ed.

Leite, Juliana
Entre as mãos / Juliana Leite. – 3ª ed. – Rio de Janeiro:
Record, 2024.

ISBN 978-85-01-11564-5

1. Romance brasileiro. I. Título.

18-51138

CDD: 869.3
CDU: 82-31(81)

Vanessa Mafra Xavier Salgado – Bibliotecária – CRB-7/6644

Copyright © Juliana Leite, 2018

Todos os direitos reservados. Proibida a reprodução, armazenamento ou transmissão de partes deste livro, através de quaisquer meios, sem prévia autorização por escrito.

Texto revisado segundo o Acordo Ortográfico da Língua Portuguesa de 1990.

Direitos exclusivos desta edição reservados pela
EDITORA RECORD LTDA.
Rua Argentina, 171 – Rio de Janeiro, RJ – 20921-380 – Tel.: (21) 2585-2000.

Impresso no Brasil

ISBN 978-85-01-11564-5

Seja um leitor preferencial Record.
Cadastre-se em www.record.com.br e receba
informações sobre nossos lançamentos e nossas promoções.

Atendimento e venda direta ao leitor:
sac@record.com.br

CÓPIA NÃO AUTORIZADA É CRIME
ABDR
ASSOCIAÇÃO BRASILEIRA DE DIREITOS REPROGRÁFICOS
RESPEITE O DIREITO AUTORAL
EDITORA AFILIADA

Ao Bruno, minha alegria,
com quem descubro a composição.

Llega un día
en que la mano percibe los límites de la página
y siente que las sombras de las letras que escribe
saltan del papel.

Detrás de esas sombras,
pasa entonces a escribir en los cuerpos repartidos por el mundo,
en un brazo extendido,
en una copa vacía,
en los restos de algo.

Pero llega otro día
en que la mano siente que todo cuerpo devora
furtiva y precozmente
el oscuro alimento de los signos.

Ha llegado para ella el momento
de escribir en el aire,
de conformarse casi con su gesto.
Pero el aire también es insaciable
y sus límites son oblicuamente estrechos.

La mano emprende entonces su último cambio:
pasa humildemente
a escribir sobre ella misma.

Roberto Juarroz, *Poesía vertical*, poema 2 (1974)

I. Trama 11

II. Avesso 127

III. Linhas soltas 219

I. Trama

1.

Ela quase sempre tem cheiro de laranja. Mas agora tem o cheiro do álcool que esteriliza antes da agulha. Daqui de fora não vejo a agulha, mas sei que está embaixo do algodão: um volume branco, *branquíssimo* eu poderia dizer, logo então manchado pelo vermelho vivo, *vivíssimo* eu poderia dizer, mas ainda não sei se é o caso.

São cinco ao mesmo tempo, três de azul, dois de branco. Um monitor transmite linhas verdes, apita de vez em quando. Eles só reagem a um dos apitos, o contínuo. Se debruçam sobre ela e empurram o peito contra a cama até que o barulho do monitor volte a ser de goteira. Até agora aconteceu duas vezes. Até agora funcionou. Na última, foi possível ouvir daqui de fora um barulho seco, uma haste se partindo dentro do peito dela. Foi a costela, um deles disse, Só pode ter sido. Ficaram de conferir daqui a pouco.

Abrem espaço para que um deles, o que ergue uma tesoura, se aproxime da maca. Ele corta a blusa que ela veste, começando pelo umbigo e indo até o pescoço. Afasta as duas partes do pano, corta o sutiã recém-comprado, renda preta com bojo. Soltos, os seios se espalham sobre o tórax, um em direção oposta ao outro. Ele larga a tesoura sobre a bandeja, aproveita o peito totalmente exposto para posicionar fitas adesivas ligadas a fios de eletricidade. Sobre a maca, ela tem um dos braços caídos para o chão, o outro estendido sobre uma mesa lateral. Alguém tem que olhar logo essa mão, ele alerta, puxando um foco de luz sobre os dedos.

Ela, olhos entreabertos. Não vê nada, apenas a parte branca se expõe. Eles colam dois pequenos esparadrapos sobre as pálpebras, forçando o fechamento.

De onde assisto, três coisas sei sobre ela. Deixou passar sem resistência um tubo pela garganta. Perdeu uma das meias. Cerraria os punhos, se pudesse, ao sentir a descarga elétrica que agora atravessa os seios.

Se me deixassem fazer algo para ajudá-la, quem sabe eu limparia a graxa na lateral do rosto. Água e sabão.

•

Eu estava em casa com a caneca de café. Estava também o gato, que não gosta de mim. Quites. Ela, com blusa e sutiã ainda inteiros, me deu um beijo com o calor do leite nos lábios. Trancou a porta dizendo para eu me cuidar. Você também, respondi.

Apertei os olhos.

Deu tempo de terminar o café, encher de novo a xícara, tomar metade. O telefone tocou, não quis atender. Quis continuar na poltrona vermelha esfregando os pés no tapete, piscando para umedecer a conjuntivite. O barulho parou no décimo toque.

O que estava previsto para o dia: terminar o café, lavar a xícara, os farelos de biscoito: varrer os farelos, o lixo da cozinha: levar para a lixeira do corredor. Trocar as meias, escovar os dentes, envolver as cerdas da escova de dentes com papel-alumínio. O desodorante — não esquecer do desodorante, guardando ambos, escova e roll-on no bolso externo da mochila. Então, sim, pegar o último pacote da mudança. Entrar com ele no intermunicipal, tirar um cochilo, despertar com o aviso de bem-vindos à cidade, táxi-frete na rodoviária, entrar no quarto e sala girando a chave com jeito, sem forçar o trinco de ferrugem. Desembalar o último pacote, ajeitar as coisas pelo chão. Pingar o remédio na água do peixe. Tudo combinado.

Se o telefone não tocasse outra vez. Se a chuva não apertasse e meu intestino, se ele não apertasse também. Pisquei três vezes, atendi.

Agora estou vendo as camas com rodas serem empurradas.

Um deles saiu da sala de atendimento quando cheguei, um de azul. Por dentro da máscara disse que o acidente, bruto. Que perfurou, vão operar. Por enquanto você não pode vê-la, ele disse. Que eu não me preocupasse com a graxa marcada no rosto, depois veríamos isso. "Não adianta ter pressa agora."

Posso esperar aqui?, uma cadeira de frente para a sala onde tratam dela. Se pressionarem o peito de novo, ou se o calcanhar com a pele aberta se mover, daqui não perco nada.

Preste atenção. Está vendo a cadeira? Sente-se. Relaxe os ombros, isso, até aí e não mais. Fume, não fume não. Ligue para as tias e peça que venham, sabe o número?, sabe o nome das tias?, peça que te rendam, elas são três, afinal. E tem o amor. Não é isso que estamos fazendo? Estamos cheirando álcool, falando de amor. Pegue o álcool, risque um fósforo.

Os amigos não demoram a chegar, são quatro. Estão molhados, vieram a pé, como eu, correndo entre as marquises, entre os carros parados no trânsito. Parece que inundou a avenida, não é? Me levanto, ofereço a mão a um deles. Há uma que me abraça, outra que me esfrega o ombro. Aceito. Onde ela está?, eles querem saber.

Aponto para o vidro.

Me fazem perguntas, todos ao mesmo tempo. Digo o que sei, o monitor com linhas verdes, o lance do choque. Choque? Sim, por aqueles fios ali. Não é isso o que querem saber. Ela saiu de casa um pouco mais cedo. Não, não estava com pressa. Nem chateada?, eles se cutucam. Isso não importa, gente — eles dizem, concordam entre si. E agora? Perfurou, vão operar. Eles cobrem a boca com as mãos, enfiam os dedos nos cabelos. Calma, eles pedem calma. Vai dar tudo certo. Eles têm certeza.

Puxam a cadeira para eu me sentar. Que tente inspirar fundo, isso, bem fundo. Uma delas vai à cantina apanhar sal para mim, Ponha embaixo da língua que vai te aliviar. Me oferece ajuda para as mãos trêmulas.

Levanta a língua que eu coloco para você.

•

Se pelo menos eu tivesse trazido um disco. Não. Se tivesse trazido um livro, aquele em que a história é apresentada em pedaços. Poderia ler os parágrafos bem devagar — "Não adianta ter pressa agora" — deixando que os sentidos das palavras, ainda que vagos, surgissem aos poucos.

É este o livro que ela pede que eu leia em voz alta, domingos à tarde, um hábito que inventou e que gostava, gosta, especialmente por causa da voz que faço para ler as palavras. Ou de como as palavras soam quando ditas pela minha voz. Eu leio os parágrafos sem pressa, e ela olha para mim gostando daquela distância aparente entre o que a narradora fala e a maneira como eu digo aquilo tudo.

Na parte em que paramos a leitura, a moça que narra ainda não sabe ao certo o que aconteceu, quer dizer, no fundo ela sabe sim: o cara parado sobre o tapete vermelho, o cachorro precisando sacrificar, a cafeteira espatifada no chão da cozinha. Ela sabe o arranjo de tudo e inclusive sabe algo mais sobre o desfecho, algum detalhe importante para que a história siga em frente.

Seria A positivo?

Tivesse tido a ideia antes, esconderia o livro dentro do meu casaco. Entre uma vinda e outra do médico eu poderia ler para ela alguns fragmentos, dando tempo de confirmarem em laboratório o tipo sanguíneo. É possível que o enfermeiro, o intensivista, me fizesse um sinal de silêncio dizendo que eu podia ler, sim, mas se fosse em voz alta era melhor ir lá para fora. Talvez ela me pedisse, com um gesto quase imperceptível, para desobedecer ao intensivista e insistir na leitura, mesmo que em algum momento eu me distraísse com os choques, com o ruído da eletricidade atravessando o peito, precisando ler mais devagar as linhas para perceber, afinal, como se ligam o cachorro precisando sacrificar e o jarro espatifado da cafeteira, com o cara parado há três páginas sobre um tapete vermelho.

Não precisa entender tudo de uma vez, ela me diria, desejando que eu continuasse.

Seria estranho, inadequado?, se eu pedisse à amiga para apanhar para mim o livro no apartamento, "Há alguma coisa que eu possa fazer por você?" — no quarto, mesa de cabeceira, lado esquerdo, aquele que tem na capa uma mulher sem os cabelos. "Tem certeza de que não há nada mesmo?"

Uma reza, a amiga sugere. Eu não sei fazer, desculpe. Não tem problema. Basta dar as mãos, fechar os olhos e prestar atenção no que ela diz: ave maria cheia de, Bonito esse lance de rogai por nós, fruto ventre santa mãe, Bonito esse lance de entre as mulheres, perdão para nós pecadores, Mas o que a gente fez de errado?

"Pronto, quando der diga amém."

•

Uma funcionária com lenço de cetim no pescoço confirma o meu nome escrito na ficha, me mostra o crachá: Gestão. Pergunta se estou ouvindo. Estende a prancheta e pede que eu acompanhe o que ela vai ler, frases protocolares, "Procedimento com riscos elevados", "O responsável e/ou familiar fica ciente da imprevisibilidade", "A equipe médica envidará todos os esforços". O senhor tem alguma dúvida?

Sim, sobre esse verbo, envidar, podemos substituí-lo?

Me aponta no papel a linha onde devo assinar, "Autorizo procedimento", aqui no xis, rubrique e ponha a data.

Que dia é hoje?

Quatro.

Conte uma história para si mesmo, uma que te distraia durante a espera. Lembre-se de algo que foi dito, lembre-se de um combinado: hora marcada, esquina tal. Vista a camisa cinza, conforme pedido, a com botões pretos e bolso falso. Apanhe os dois tickets sobre a mesa, guarde-os no bolso. Antes de sair, feche as janelas, tranque a porta. Embaixo do poste: ela estará na esquina, sob a luz pública. Não nesta esquina, na outra. Siga em frente.

Quando a conheci, seus pés não tinham coloração cinza e o peso chileno estava em baixa.

Faz tempo, dois natais. Ela se aproximou do vidro no meu balcão, juntou os lábios no microfone para perguntar se era ali o Câmbio. Muito clara, com uma flor de náilon no cabelo.

Sorriu depois de receber o envelope com a logomarca do banco, pesos em notas de dez mil, vinte mil. O que você vai fazer com o dinheiro é uma pergunta que o formulário do banco não faz. Segui o protocolo do atendimento: contagem de notas, recontagem, envelope lacrado, recibo. Ela ficou olhando para a vidraça à espera da última etapa, o recibo que eu imprimia.

Estou indo por causa da neve, foi o que ela disse junto ao microfone, pegando o papel amarelo que eu entregava pela passagem de segurança.

"Nem o pai nosso você conhece?"

Não, me desculpe. Tudo bem, a amiga diz, só feche os olhos e diga o que eu mandar: seja feita a vossa vontade já que é você que está no céu, santificado seja o pão e o nome e o fruto e o pai e o reino, perdoai-nos as ofensas assim que saibamos quem se sentiu ofendido, e ainda, quanto à tentação, que a gente não caia, nem agora nem na hora de morrer, especialmente na hora de morrer.

Me avisa quando dizer amém?

Agora.

"Certificar-se de que o cliente foi atendido em todas as necessidades", o protocolo do Câmbio diz.

Ajudo com algo mais?

Ela passou os dedos sobre os lábios. Posso te mostrar uma coisa? Puxou de dentro da bolsa uma grande folha de papel dobrada em partes. Abriu, girou no sentido correto, É para cá que eu vou, no final do continente, ela disse, apontando a parte inferior do desenho em forma de cavalo-marinho. Você consegue ver?, ela perguntou, aproximando do vidro as mãos, dedos finíssimos, veias azuis como os fluviais nomeados pelo mapa: branco, grande do norte, largo, de janeiro, bonito, comprido, pomba. Olhou para o vidro fumê tentando me achar através do próprio reflexo, tentando confirmar se eu estava vendo o que ela mostrava. Juntei os lábios no microfone, confirmei: estava vendo tudo desde o início do atendimento.

"Algum outro comentário?"

Sim, algo no pulmão, doutor. Ele queria detalhes sobre o histórico dela: alguma alergia?, doença crônica?, alguma intercorrência recente? Uma bombinha todo dia pela manhã, para a falta de ar. E como começou?, ele queria saber.

Começou por causa da fumaça tóxica.

Apagaram o fogo antes que ele atingisse as cortinas, o teto da sala lambido de preto mais uma vez. O dono do conjugado disse a ela que bastava, que outra vez não era possível. Tomou três decisões: "Saia já." "Não é problema meu." "Te dou até amanhã." Não tenho para onde ir, foi o que ela disse entre o anúncio de cada uma das decisões.

Posso ir para o seu apartamento?, ela me pediu, planejando as saias em cabides, a ocupação da gaveta da geladeira, a saboneteira de metal na pia imitando uma concha do mar. Desde que você prometa tomar cuidado com o arremate dos tapetes com fogo, eu disse, muito cuidado ao aparar as pontas de linha com o fogo do isqueiro. Os riscos, entende?, vai que perde o controle de vez.

Estava entendido. Estava prometido.

•

Pois te ensino agora a salve-rainha, a amiga diz — e depois você faz as perguntas que quiser. Preparado?

Salve rainha mãe, (todas as mães são de misericórdia?), A vós bradamos os degredados filhos, (quem são eles?), A vós suspiramos, gememos e choramos, (o tal vale de lágrimas, onde?), Vossos olhos a nós volvei, (advogando para quem?), Sempre virgem, mostre o fruto da promessa, (como ser digno dela, afinal?).

Diga amém o quanto antes.

•

A canção dos sábados, *Se você quiser eu danço com você, Meu nome é nuvem, Pó, poeira, movimento, O meu nome é nuvem, Ventania, flor de vento, Eu danço com você o que você dançar.* Ela põe o disco cedo de manhã, enquanto arrasta os móveis de um lado para o outro para varrer a casa, para encontrar os fios de cabelo presos em teias escondidas. Vou logo atrás dela, pano úmido nas mãos para garantir que os cantos do piso, aonde a vassoura não chega, também eles fiquem sem poeira, cabelos, aranha. Vou de joelhos, seguindo a marca de calcanhar que ela deixa no verniz dos tacos.

Quando o disco chega à faixa cinco, fazemos conforme combinado.

Ela larga a vassoura, eu largo o pano. Ela se posiciona sobre o tapete da sala, bem no centro dele, e eu me sento na poltrona, de onde consigo ter a melhor perspectiva. Ela abre os braços e começa a girar o corpo, assim como um dervixe — aprendemos na TV, com a cabeça pendida para trás. O movimento: primeiro devagar, tronco reto, depois aumentando a velocidade e deixando o corpo ceder à força centrífuga que faz inclinar tudo para um mesmo lado. Como um delírio — ainda que no limite do tapete, ou como um voo — ainda que sobre o chão.

Me concentro em contar os giros, aviso quando chegam a trinta.

Ela faz uma pausa para controlar a tontura, ampara a cabeça com as mãos, puxa de volta para o lugar a saia jeans que se perde sobre o quadril. Recomeçamos quando ela diz que podemos recomeçar, antes que termine a música.

Tiro a saliva do canto dos lábios para perceber a certeza das canelas finas. Perco a conta dos giros algumas vezes, mas não sempre.

Se eu trouxesse a vitrola para o hospital, e também o vinil, talvez ao ouvir a canção ela tentasse se levantar, ainda com os esparadrapos sobre os olhos, decidida a fazer a dança no centro cirúrgico, prometendo ao doutor, Apenas três minutos e logo me deito novamente para as suturas, ok?, me pedindo que por favor a ajudasse a segurar a pele aberta do abdômen, que a ajudasse a manter os órgãos do lado de dentro enquanto ela, tomada pelo refrão, aumentaria a velocidade não me dando outra escolha senão girar junto. Trinta voltas. "Pronto, doutor."

•

Os amigos me olham sentado na cadeira de plástico, falam aos ouvidos, o sal outra vez embaixo da minha língua. Me fazem ofertas, Quer encostar a cabeça no meu ombro?, Dar uma volta?, Comer um lanche? Eu não quero nada não, pessoal, só mesmo seguir o combinado: levar o último pacote no intermunicipal, espalhar as coisas conforme der no chão do quarto e sala, colocar o remédio na água do peixe. É um betta azul, vocês sabiam?

Não digo isso.

Fale, faça conforme estou dizendo. Segure aqui este colar, está vendo as bolinhas ao longo do fio? Passe-as pelos dedos, dez pequenas para a mãe, uma grande para o pai. Isso mesmo, dez mães equivalem a um pai. Algo errado com isso? Repita o procedimento e aproveite para pedir alguma coisa que valha esse cansaço. Cuidado para não perder a conta da mãe. Dez, elas são dez.

No crachá: Administrativo. Se agacha diante de mim para ter certeza de que estou com os olhos abertos. Me diz seu nome, confere o meu na ficha. "Precisamos deixar isso com o responsável." Um saco plástico, coisas que estavam no asfalto.

Tem a capa de chuva, a saia, um pé de galocha. Não tem blusa, perfurou. Reloginho, anel de pedra. Uma das flores de náilon.

Elas ficam sobre a pia do banheiro, num estojo. É a última coisa diante do espelho, toda manhã, depois dos dentes, do lápis de olho: uma flor no cabelo. Escolhe entre três tons de vermelho, escuro, médio, um pouco menos do que médio. Com os dentes, abre o grampo que prende a flor. Puxa a lateral do cabelo para trás, ajeitando para que a orelha, a penugem quase invisível no lóbulo fique à mostra.

Foi por isso que a casa teve flores pela primeira vez, de náilon. Junto com o cheiro da colônia de laranja que todo mundo gosta ou não percebe.

Digo aos amigos que preciso fumar, andar um pouco. Tem certeza? Sim. Se for preciso, onde te achamos?, eles perguntam, se preocupam.

Do lado de fora.

Grande do sul, piabanha, juruena, purus, iguaçu. Siga com o dedo indicador as linhas azuis desenhadas no mapa, anote os nomes que encontrar. Pode ser nome de rio, nome de afluente. De oceano, não. É importante, percebe?, parar o dedo antes de chegar ao oceano.

Na porta de entrada do hospital, a moça de uniforme terceirizado estende panos de chão. Alguns passantes compreendem o serviço, batem os pés, apanham o saquinho que embala as sombrinhas encharcadas. Há também quem passe direto, quem não perceba a presença da moça de uniforme ainda que ela repita sem parar, Olha o piso molhado. Ela torce a água dos panos dentro do balde tentando manter alguma ordem. Torce, estende, ajeita o arco infantil que desliza sobre a cabeça, torce, estende, empurra os fios soltos de cabelo para debaixo do arco infantil. Supervisor de uniforme terceirizado diz que é para ela continuar até sempre. Ela obedece.

Sabe onde posso fumar?, pergunto a ela. Me aponta o grande capacho do lado de fora, logomarca do hospital em baixo-relevo.

Visitantes que entram pela porta automática se identificam na recepção, documentos com foto, anunciam o nome do paciente ou, se souberem, o número do quarto que irão visitar, suponhamos que 261C, "C de casa?", isso. Recebem adesivos individuais, *visitante comum*, colam sobre o peito, sobem as escadas combinando entre si a permanência de trinta minutos no máximo, já que cinema às 19h: finalmente aquele filme. Percorrem o longo corredor, encontram a porta do quarto, batem sobre a madeira sem exagero de energia, mas fazendo-se ouvir do lado de dentro. Entram em silêncio, sorrisos programados. Ajeitam o cabelo de quem está sobre a cama, dizem a pequena mentira que agrada, Você parece bem, ouvem as notícias do diagnóstico, os detalhes, anuem com a cabeça e, nesse momento, estalam a língua se parecer adequado. Entregam as frases protocolares, Que coisa, Vai melhorar, olhando o relógio na parede para não se perderem no horário, os tickets do cinema no bolso da calça, educados o suficiente para não mencionarem o cheiro vindo dos lençóis, e gentis, sim, gentis ao fingirem não haver pressa: pernas cruzadas, celulares no silencioso. Olham mais uma vez para o relógio na parede, tiram logo da bolsa aquele pão doce, Com o creme que você gosta, perguntando se podem fazer alguma coisa, qualquer coisa para ajudar, Nada mesmo?, checando mais uma vez os ponteiros na parede, os tickets do cinema no bolso, aquele filme, finalmente. "Estamos rezando pela recuperação", é bom que digam isso assim que possível, elegendo o verbo que seja da preferência — se rezar, ou orar, ou torcer, tanto faz desde que seja dito. E então, completados os trinta minutos, pronto, já podem apontar para o relógio avisando que precisam estar tal hora em tal lugar, algo do trabalho, algo inadiável e de preferência chato, "Compromisso é compromisso", é o que se deve dizer, dando até logo com otimismo e, por que não?, algum exagero: Daqui a pouco você estará novinho em folha. Fecham a porta do 261C atrás de si, descem as escadas checando as mensagens no celular — Três não lidas, e você?, duas — digitam suas respostas celebrando em segredo, segredo até para si mesmos o fato de não serem eles, ao menos não por agora, aquele alguém descolorido e imobilizado sobre a cama hospitalar. Se o trânsito estiver bom, se conseguirem burlar a blitz, talvez ainda haja tempo de comprar refri e pipoca. Finalmente aquele filme.

Não adiantaria ajeitar o cabelo dela agora: choques. Tampouco oferecer o pão doce, sem passagem pelo tubo na garganta. Então, fumo. Conto até trezentos e cinquenta.

Será que neste momento ela consegue sentir o cheiro da mão queimada?, será que sente a pele recém-derretida na palma, sente a ardência nos dedos? Não, por enquanto ela não sente nada. Tudo certo.

•

"Ela é assim mesmo."

Usa os dedos e a boca para limpar, na calçada da sorveteria, o pingo de creme na minha camisa. Enfia a mão entre o pano e a minha barriga, apoia os dedos por trás do sujo, abocanha o pano, saliva o pano, chupa a saliva misturada ao creme, engole, saliva de novo o pano, engole. Daqui a pouco seca, ela garante. O amigo preferido vê a cena, reconhece o procedimento porque talvez já tenha passado por ele com sua própria camisa suja de molho de cachorro-quente. Ri ao perceber que encolho a barriga, encolho por vergonha do umbigo exposto. Que eu não ligue, ele diz, porque ela é assim mesmo.

Amigo preferido reconhece os gestos e, de início, pisca para mim — um pequeno sinal me dando passagem a algo dela que devo, deveria aprender. São coisas miúdas, como as precauções que ela toma para não chorar, para não se molhar:

Dezesseis horas, o segurança tranca a porta giratória. Significa que só amanhã. A senhora de olhos tristes mostra o pulso do lado de fora do vidro, quinze e cinquenta e oito.

Segurança sente muito, Só amanhã, senhora, mesmo que ela junte as palmas das mãos e repita, Por favor, é só um favor. São regras, entende?, mesmo quando alguém chora. Ela me escuta falar sobre o pulso erguido no vidro, sobre o por favor e o rosto vermelho da mulher. Vai até a parede da cozinha, tira o relógio do prego, adianta dez minutos. Não vou chorar, Não vou ficar molhada, Não vou depender do segurança — três coisas que ela prefere. Por isso os ponteiros adiantados, a galocha, a capa de chuva amarela. Porque além de tudo o termômetro da rua não sabe que pode chover, marca vinte e cinco, vinte e nove graus. Confunde os pedestres, desprevenidos, molhados. É o que ela diz.

Para o hospital, o perigo da chuva é a aguinha preta.

Visitantes entram molhados e deixam corrimãos, maçanetas e botões de elevador marcados pela água preta de sucessivas mãos úmidas, dedos que tocam as mesmas superfícies e passam adiante, junto com a umidade, os resíduos de ônibus, de dinheiro, coriza, descargas de banheiros públicos, peles recém-coçadas, migalhas de biscoito, saliva. O objeto preso à parede do corredor oferece o gel, *Higienize as mãos e salve vidas*. Nem todos salvam.

Na unidade intensiva, ela se deixa lavar com lenços umedecidos. Não se importa que os de branco descubram o lençol, levantem o braço para catar a sujeira de pneu na dobra da pele. Eles jogam o lenço fora, pegam um novo para o rosto, limpam a graxa no maxilar e na orelha. Outro lenço para o sangue já ressecado entre o lábio e o tubo que desce pela garganta.

Continuam pelo restante do corpo, contornam o curativo do abdômen, afastam as pernas dela para que um novo lenço alcance a dobra da virilha. Ela deixa. Não tenta impedir nenhuma manobra. Não tenta amparar os seios descobertos pelo lençol.

Coloque o cabelo dela atrás das orelhas. Ajeite a pálpebra que teima entreaberta embaixo do esparadrapo. Se você der boa noite bem junto ao ouvido, se der boa noite será que ela ouve? Ouve sim.

O segurança na porta de entrada pede que eu escolha um dos lados do capacho, que fique parado. A porta é automática, senhor, se ficar de um lado para outro ela entende multidão.

Só mais um cigarro e já entro, tudo bem?

Tudo bem.

Puxe para fora da embalagem segurando pelo filtro. Com a ponta, dê duas batidas na superfície que mostra o homem convalescente: aí mesmo. Balance o isqueiro para espalhar o líquido, prenda entre os lábios a extremidade do filtro. Gire a pedra, aperte o mecanismo. Atenção: cuidado ao direcionar a chama, mire a ponta e somente ela. Puxe o ar pela boca. Segure.

Esperar as próximas horas, ele responde, "O que acontece agora, doutor?". Evita verbos no futuro, usa as palavras *risco* e *controle*, sempre junto com *vamos torcer*. Diz que é difícil prever a reação do corpo, a resistência, a força, a contração, a expulsão, a absorção, a secreção, a intenção, a permissão. O estado dela é delicado. Delicada mesmo quando dói. Prende o meu pé entre as pernas, segura a pinça, passa o metal pela chama da vela. Manda eu ficar quieto para que ela arranque, mão firme, a farpa inflamada do meu calcanhar. Delicada fazendo um buraco, espremendo o pus do buraco, deixando ferver no buraco a água oxigenada. Não digo isso para o doutor.

O que ela faz é pôr o cabelo atrás das orelhas porque sabe que eu gosto. Faz isso para me convencer a parar o estudo mais cedo, guardar a apostila para receber os amigos — "O pessoal chegou", os mesmos que agora perguntam ao médico, Os dedos, doutor, vai ser possível salvar os dedos queimados?

Chegam sempre em grupo no apartamento. Talvez combinem hora na portaria e só subam depois de os dois últimos chegarem atrasados, o ônibus que quebrou. Não precisa interfonar agora, ainda faltam dois, é o que eles dizem para o Rai enquanto esperam.

Ela põe a música alta. Limpo a saliva no canto dos lábios para ver melhor as canelas finas dançando. Cabelos balançados. Os amigos trazem bebidas, biscoito coquetel. Se juntam a ela apertados sobre o tapete. Da poltrona vermelha vejo canelas de seis tipos. Se ela notar que estou olhando, vai colocar o cabelo atrás das orelhas. Olha lá, ela sabe.

Ainda bem que não consegue fazer isso agora, deitada na maca — os cabelos para trás das orelhas como um gesto quase automático, um gesto imprudente que grudaria os fios na carne viva da mão. Evitar isso, por ora.

•

O corredor é sempre gelado?

Algo a ver com o controle de bactérias, a enfermeira explica. Se ficar muito quente elas se reproduzem mais rápido, perde-se o controle. "Não queremos isso, queremos?" Se um cobertor me ajudaria, ela pergunta — não pode fazer muito por mim, mas arranjar um cobertor ela pode.

Os amigos me oferecem café, refrigerante. Oferecem coca-dinha, o único doce que resta no balcão da lanchonete depois da novela. Aceito porque ela gosta quando aceito. Eles fazem comentários, querem que eu responda isso, aquilo, querem que eu diga alguma coisa.

Qualquer coisa.

•

Não vou contar nada disso para as tias, ok?, foi assim que ela me disse, como uma decisão, ou melhor, como uma instrução que eu deveria seguir: ficar quieto. Diante das tias procuro vestir calças com bolsos, lugar para os dedos. Procuro não endurecer o tronco, evitar a desconfiança. Aconteceu alguma coisa?, elas perguntariam, eu com as câimbras.

Nos feriados, vindo de leito. Elas atravessam dois estados carregando pêssego em calda. Tia que faz. Tabuleiro embalado no pano de prato, bolo de cenoura. Tia doida com um borda-dinho novo de presente, às vezes infantil, sempre com uma inscrição na barra, "assinado E.L.".

A casa fica ruidosa com a tia doida fazendo sem parar um barulho de moedor com a garganta. Ela não estranha mais o barulho, se acostumou, tias também não estranham mais.

Depois da janta, tia doida dorme no meio da cama, entre as outras duas que a protegem de cair durante a noite. Vão embora no sábado, preferem assim porque no domingo tem muito trânsito, a tia diz, ainda mais com obra na pista, ainda mais com volta de feriado.

Não é bem isso — ela sabe, ela me explica.

Domingo tem missa do Rosalino, O frei que ainda por cima canta, as tias dizem. Elas não podem desagradar o apóstolo, ou melhor, não querem desagradá-lo, ainda mais domingo de ramos. Por isso o chamam de apóstolo, e não pelo nome, e por isso elogiam a cantoria, e não o sermão, porque é assim que ele prefere.

"Não contar aquilo para as tias", a frase dela repassando na minha cabeça.

A instrução para não comentar nada, não entrar no assunto, não mencionar diante das tias palavras como *ultrassom* ou *tinha duas semanas*, ou ainda aquela explicação, "Está vendo este ponto branco aqui na imagem?, o ponto branco é ele", não diga para as tias que sente muito, assim como disse o doutor antes de carimbar o receituário: Tomar um comprimido agora e outro mais tarde, o doutor solícito, Ligar em caso de dor insuportável, mas antes de ligar, você sabe, suportar pelo menos um pouco, evite, evite dizer coisas como *perdeu*, *você perdeu*, ou mencionar detalhes como a porta do banheiro trancada, água quente na bacia, vapor ajudando na dilatação, toda aquela demora para esperar descer, esperar mais um pouco, esperar bastante e então sentir descendo, sentir o volume passando pelo tubo, o seu tubo dilatado pelo comprimido prescrito, vai sangrar?, um pouco, um pouco não, muito, fazer força, mais força, sentir o momento exato da expulsão e, nesse momento, resistir, resistir a amparar com os dedos, não faça isso, não ponha a mão, não olhe para ele, para o volume, não repare se há braços, pescoço, testa, uma pequena veia na testa, e olhos, uma membrana cobrindo os olhos, não repare, não ponha a mão, deixar cair na privada, isso, dar a descarga antes de se erguer, dar a descarga por tempo suficiente para que algo grande passe pelo cano, e depois, há depois?, absorvente noturno fluxo intenso, aquele outro comprimido prescrito, o que faz dormir, o que faz não sentir o sangue, o sangue descendo pela passagem agora menos dilatada, e na manhã seguinte também, outro absorvente fluxo intenso, outro e mais outro até que nada saia pelo tubo, até que nada mais desça e o corpo volte a ser um corpo sem resíduos, sem mancha na calcinha, sem nada a revelar para as tias — eu repetindo a frase dela na minha cabeça, "Não contar nada disso".

Vamos fazer assim: peça às enfermeiras que contem. Dê a elas o telefone das tias e peça que liguem dando um resumo. O impacto, o combustível, a faísca. A mão em chamas — apagaram; a barriga perfurada — costuraram; o sangue que vaza por dentro — estão vendo o que fazer com isso.

Não tirar as mãos dos bolsos: esconder as mãos. Ou, então, dizer às tias que fiquei na porta do banheiro, batendo na porta trancada e perguntando a ela que barulho tinha sido aquele, um grito, um gemido?, ela do lado de dentro dizendo que imitava a tia doida com a garganta, que não era nada, que já tinha tomado os comprimidos, dois, estava esperando descer. Eu pedindo passagem, insistindo na maçaneta e querendo ajudar.

Que não era para insistir, não dava para ajudar em nada, ela disse, firme do lado de dentro com a bacia de água quente que eu não via, a bula que eu não li e que, reações adversas, cólicas que ela não esperava — já esperava há duas semanas sem saber.

Baby, ela disse antes de dar a descarga. Faça uma coisa por mim, ajude a recolher as sobras de linha.

Ela queria saber se eu estava escutando, se eu estava vendo as linhas. Por todo o corredor as aparas vermelhas do trabalho com o tapete. Queria que eu catasse, por favor, que juntasse as pontas soltas até formarem uma bola, um volume que eu pudesse amparar no centro das mãos, colocando em um saquinho de mercado e logo amarrando o saquinho pelas alças para que o volume, por fim descartado, não se espalhasse por toda a lixeira.

A do prédio, ok, baby?, jogue na lixeira do prédio, não na da cozinha.

•

Em um dos feriados as tias querem saber como funciona esse negócio de Câmbio. Viram a notícia sobre a crise no turismo, Isso é ruim para as suas moedas, não é? Ela prepara um frango diferente, receita impressa no rótulo do creme de leite. Pisca para mim pedindo a simpatia com as tias.

E vocês três, como estão?

Tia doida ansiosa para mostrar a foto das dálias que floresceram, não me deixando ver de perto a imagem, É só para a garota, pedindo que ela guardasse a foto *naquele lugar*, aquele que ela sabia qual. Não deixa ele ver, garota, nem as dálias, nem aquele lugar, não deixa. As tias piscam para mim, digo que tudo bem.

Me contam sobre o frei novo, explicam que na carismática é tudo diferente, estão se acostumando ao sermão colocado antes do evangelho, Para sobrar mais tempo para falar da comunidade, o frei explicou assim, incluindo no sermão, para surpresa das tias, coisas que ele ouve na praça, na sacristia, no bar do Carlim e até no confessionário, Acredita?, as tias se espantam. "Pelo menos ele não diz o nome de quem pecou."

Servimos nossos pratos. Comemos. Se ela está com a bochecha rosada, distraída com os assuntos das tias, eu consigo escapar para o quartinho.

Tire as peças da caixinha uma a uma, do duplo zero ao duplo seis. A limpeza consiste em penetrar a ponta do cotonete nas cavidades pretas que formam os números. O método, simples. Mergulhe o algodão na língua e depois gire a haste umedecida dentro de cada uma das cavidades. Por fim, seque com papel higiênico o excesso de saliva na superfície das peças.

No quartinho, o que faço é estudar. Concurso público. Não há edital ainda, nem chamada, não há vaga prevista. Vou me organizando — foi assim que expliquei o acúmulo de papéis na mesa, a negativa aos encontros festivos. Ela se encarregou de informar às tias, deu os detalhes: número de páginas da apostila dos bombeiros, quantidade de vagas administrativas, treinamentos simulados mesmo para quem nunca subiria no caminhão vermelho. Eu ia passar com certeza, ela disse.

Mas é também no quartinho que fica guardado o dominó. Ela não sabe. Sabe sim.

Monto o jogo para dois participantes, peças viradas para baixo para que um não veja os números do outro. Jogo por ambos, um de cada vez, como deve ser. Para isso, decoro os números de um que se repetem no jogo do outro, tudo a favor da linha contínua que vai se formando no centro da mesa. Faço assim até que acabem os números em comum. Daí para a frente, imprevisível. Porque o que vem do morto eu não sei. Anoto o resultado final para o jogo da direita, da esquerda. Anoto a quantidade de peças do centro. Recomeço, às vezes torcendo para que vença o da esquerda.

Mas acontece também de ela querer deixar as tias tontas, gargalhando.

Me pede para levá-las ao parque de diversão.

Compro as entradas para as xícaras que rodopiam. As tias não gostam de outros brinquedos, somente das xícaras. Ela entra na fila, guarda os lugares enquanto as tias esvaziam as bexigas, tias se certificando de que a tia doida não tome de um gole só o copo inteiro de refrigerante.

Pedem que eu segure os óculos de grau, as bolsas. Escolhem-se em pares, duas na xícara azul, duas na amarela. Dão a primeira volta agarrando-se às travas de segurança, ainda tensas, ainda com medo. Mal o brinquedo para, já querem ir de novo.

Ela se reveza entre as tias por causa dos ciúmes. A música alta, tias com os cabelos balançados, ela com os cabelos balançados. Olhando de fora, elas se misturam na centrífuga colorida, difícil distinguir cabeças. Acham graça, muita graça no desajeito do brinquedo, na ameaça improvável de serem lançadas pelos ares a qualquer momento. A música em volume altíssimo, sempre a mesma, incentiva as mãos a se soltarem.

Já prestaram atenção à letra?, *Eu sou a chuva que lança a areia do Saara sobre os automóveis de Roma,* elas seguem rodopiando, se entregam ao ritmo, *Eu sou a sereia que dança, a destemida Iara,* elas gargalham, Agora sem as mãos!, apoiam-se umas nas outras com a tonteira, *Sou a sombra da voz da matriarca, a mais nova espada e seu corte,* e só pedem para ir embora quando totalmente extasiadas, *Meu som te cega, careta, quem é você?,* com a tia doida tentando esconder as calças molhadas.

Já é sábado quando as tias ajeitam a gola da blusa dela na rodoviária, logo antes de entrarem no ônibus, de acenarem adeus da janela. Penteiam seus cabelos com os dedos, fazem as recomendações. Que eu cuide bem dela, que não deixe perder mais peso, entendido? Piso sem querer no pé da tia doida, ela diz ai, choraminga, me desculpo, me desculpo, me abaixo para esfregar o pé da tia doida, ofereço de comprar um suco, um biscoito para a viagem, água, preferem água, digo que ok, que vou apanhar, aproveito para dizer que não faz tempo que ela se trancou no banheiro, que ficou lá por mais de uma hora sem ligar a ducha, Como assim?, as tias perguntam, e ela olha para mim descolorida, me apresso, digo que foi isso mesmo, ela se trancou no banheiro e talvez tenha feito aquele barulho, O barulho como o meu?, tia doida quer saber, não tenho certeza porque ela não confirmou, Pode deixar escrito que foi um barulho como o meu?, digo que ainda insisti batendo a mão na porta e mesmo assim ela não confirmou nada, Nada o quê?, as tias estranham, ela me penetra as unhas no braço, estala a língua e apressa as três, O ônibus, tias, a partida.

Água e biscoito nas mãos, as tias chorosas dizendo saudade, saudade, ela explicando para a tia doida que estava na hora de ir embora. Agora? Sim, olhe aí o ônibus. Ué, achei que fosse ele que estivesse de partida.

Ela acena para as tias na janela, sai da rodoviária secando as bochechas.

No ponto do ônibus, faz sinal para aquele que tem o trajeto mais longo. Vamos esperar pelo outro, eu sugiro, mas ela prefere esse.

Pede para sentarmos lá no fundo onde eu não gosto por causa dos solavancos, onde ela gosta por causa dos solavancos. Sentamos lado a lado, ela me dá ambas as mãos, nossos braços embolados. A curva ligeira empurra tudo o que está no ônibus para a esquerda. Tento tirar a mão para segurar no banco da frente, ela não deixa. Ri do meu esforço para evitar o tombo, fecha os olhos, canta a música das xícaras agarrando firme os meus dedos. Canta mais alto deixando o quadril deslizar sobre o forro liso do banco, fazendo sons longos com a letra *o*, a cada curva a letra *o* rindo de si mesma.

Descemos dois pontos antes.

Andamos sem dar as mãos, não mais a música das xícaras, as curvas, o divertido. Ela, rápida pela calçada, desliza os dedos sobre o muro de chapisco até ficarem dormentes. Eu, pela rua, me desculpo por ter dito aquilo para as tias.

Aquilo o quê, ela me pergunta.

Você sabe.

Como será que o corpo reage? Será que volta a ser o que era antes, antes de cair, antes de bater, antes de se queimar e romper, antes de ralar, antes de morrer, antes de esticar e encolher, antes do medo, do arrepio, do desejo, antes da curva, da reta, da ânsia, será que reage, será que revida, será que se lança, se arrisca, se firma, será que volta?

Com os dedos ainda dormentes de chapisco, ela me pede companhia para ir à inauguração do amigo preferido. Boteco de nome espanhol. Adio o dominó, cubro as peças com o pano de prato.

Os amigos experimentam os petiscos, bebericam sangria, perguntam como foi a visita das tias. Fico um pouco atrás, acendo um cigarro, ela me segura pela mão. Aceito a sangria servida em abundância pelos garçons, aceito o uísque dosado no balcão. Alguns goles, o baile. Só percebo quando os pés começam a doer. Gosto do cheiro de laranja no punho do meu casaco, gosto de esfregar o cheiro no nariz para acudir um escorrido. Aceita outra dose? Aceito.

•

Sola de borracha, ruído baixo, depois alto. É o médico de azul, o que estava tratando dela quando o apito do monitor ficou contínuo. Para diante de mim, diante dos amigos, tira o pano que cobre o cabelo. Nas mãos, talco de luva. Fala tudo em sequência, ouço partes. Coração parou. Voltou. Acharam o ponto onde o sangue vaza: no ventre. Abriram, emendaram por dentro. Ainda precisam emendar mais, mas não agora, daqui a pouco. Antes ela precisa estar mais forte para aguentar, bem mais forte. "Estão ouvindo?, estão acompanhando?"

Os amigos se abraçam.

Quando entrar no quarto gelado, encoste seus lábios sobre a pele do rosto dela, na bochecha ao lado do nariz, e também rente ao queixo, e entre o queixo e o nariz: demore-se. Comprima os seus lábios contra a pele uma vez e outra e ainda outra, produzindo pequenos estalos.

Atravessar a rua olhando para os dois lados, checando sempre a distância do veículo grande que aí vem. Na dúvida, olhar mais uma vez para os dois lados antes de se decidir. Conhece o procedimento?

Não era esse o combinado. O peixe sem comida no quarto e sala, sem água trocada, dentro de poucos dias boiando de lado no aquário. Me desculpo à distância pela morte lenta, ciente do acordo sobre estar de volta no sábado, de volta levando o último pacote. Me enganei. Enganei o peixe.

E o gato? Uma das amigas me pede a chave do apartamento. "Eu vou lá e cuido dele."

As tias, elas estão vindo. Espera, não estão vindo, não. Você devia ter chamado por outra delas ao telefone, ter despistado a tia doida e evitado falar tão rápido sobre a pele aberta, a emenda, o tubo na garganta, e a imprevisibilidade, a inconsciência, a incontinência. Sim, já tentaram amarrar a tia na cadeira, dar o remédio para dormir, dar o remédio para acalmar. Não está funcionando. É estado de nervo, as tias já sabem. Diga a elas que você está: cobrindo os pés e colocando o cabelo dela atrás das orelhas. Diga que está cuidando dessa parte. Não desligue antes de desejar as melhoras. Desejou? Melhoras para a tia.

O médico de azul vem de manhã, de tarde. Fico na cadeira, vou ao banheiro de vez em quando, lá fora fumar também. Treze dias duram vinte maços de cigarro. Ele vem e não diz nada novo. Outro dia, nada novo. Me oferece pílulas para isso, aquilo. Estendo a palma da mão, aceito.

Ele vem de manhã, cutuca meu ombro. Me ajeito na cadeira, limpo a saliva no queixo. Pergunta se os amigos chegaram, digo que não, que só de tarde. Quer conversar sobre um órgão específico, aquele que não tinha dado para emendar por dentro porque o coração parou. Está ouvindo? Esse órgão, preocupante. Quer saber se eu entendi. Cubro o hálito, minto. Ele precisa que eu responda, Ela tem o desejo de ser mãe? Quer saber se ela já mencionou algo sobre isso.

Doutor, ela pode viver sem ele?

Ele?

O órgão.

Eles vão reunir as paredes bem no ponto do rasgo. Vão tentar salvá-lo. Por isso, o coma. Para terem mais controle. "Está entendendo, rapaz?"

Como assim?, a amiga pergunta na visita da tarde. Repito o que o doutor disse, o que entendi do que ele disse. Os amigos querem uma explicação melhor sobre o rasgo, sobre o corpo rejeitar o órgão por causa do rasgo aberto. Como isso é possível?, eles querem saber, como é possível um corpo não querer um órgão?

"Não dá para abrir e resolver de uma vez?", "Emendar logo e fazer o corpo aceitar ele de volta?"

Não é assim que funciona, pessoal.

Se debatendo você afunda. Sabe boiar? Vire de barriga para cima, como os animais que se fingem. De costas, mais fácil.

Como seria se ela acordasse agora?

Eu entraria no CTI instruído pelo doutor, Não emocioná-la, Não contrariá-la. Daria as boas-vindas tirando o esparadrapo dos olhos, contando o que sei sobre a chuva, a caneca de café, o telefone tocando. Diria que foi um susto, um susto mesmo. Que talvez ela não tenha olhado para os dois lados da pista antes de atravessar, foi isso o que aconteceu? Pediria que ela não tentasse tirar o curativo da mão, que não mexesse nisso agora, não antes de nascer uma nova pele. Comentaria algo sobre o órgão, dizendo bem rente ao ouvido que os médicos estão tentando, que pode ser que consigam salvá-lo, sim. Tentaria entender o que ela diz de volta, O que você disse?, a voz baixa, muito baixa, As tias logo estarão aqui, não te preocupa, não faça esforço, não tente se levantar, não agora, não contrarie o combinado, sim, tudo certo com o quarto e sala, O que você disse?, a voz dela muito baixa, o rosto vermelho tentando dizer algo indecifrável, gotas de suor vazando na pele da testa, Te acalma que tudo segue como combinamos, te acalma que nada mudou apesar da batida, do cheiro de queimado, dos choques no peito. Talvez ela queira saber se é verdade que o coração parou, é verdade sim, mas ele voltou, não te preocupa, ela tentando esticar a língua, comprimir os lábios para formar uma palavra específica.

O que você está querendo dizer?, eu perguntaria. O quê?

•

Mais sete maços de cigarro. Os amigos aparecem de tarde, entram de dois em dois na unidade intensiva. Contam para ela as novidades, a balaustrada da ponte que caiaram, finalmente caiaram, a festa do colono que nesse ano terá desfile, a loja de artesania que fechou e no lugar abriu, adivinha o quê?, uma farmácia. Entregam a ela o beijo enviado pela dona da loja, ex-loja de artesania.

Ela não agradece. Não abre os olhos.

Espero na porta, dou o meu lugar, "Tem certeza?", sim, já estive com ela pela manhã, já cobri os pés dela pela manhã. Peço apenas que me tragam as sobras de lenços umedecidos, o que restou do banho da tarde. E que ajeitem o cabelo dela atrás das orelhas.

Embaixo das unhas. Melhor, na prega do umbigo. Isso, primeiro limpe na prega do umbigo, e em todos os lugares em que o enfermeiro não presta atenção suficiente: entre os dedos dos pés, por exemplo.

Quando os amigos vão embora, me sento de novo. Cadeira de sempre. Uma das moças que passa refeição nos quartos me arranja um resto de pudim, Só não tenho uma colher para te dar.

Sugo o doce enfiando a língua no copo plástico. Tento fechar os olhos.

•

Já contou até duzentos?, ela me pergunta quando demoro muito a desligar o abajur. Quer que te faça uma caneca de pão?

Apanha o pão que sobra do lanche da tarde, passa a manteiga generosamente, corta em partes pequenas. Enche a caneca com o leite quente, um punhado de açúcar, mergulha ali os pedaços. Aperta tudo com a colher até que a manteiga, derretida, boie na superfície do líquido.

Como tudo às colheradas, assoprando no início, depois acostumando a língua à quentura, a garganta à quentura.

Quer que te faça companhia?

Não precisa, você deve estar cansada.

Se precisar que eu te faça outra caneca, me acorda?

•

Na pia do centro cirúrgico tem sabão. Doutor faz a oferta olhando meu cabelo, apontando a direção da pia com o queixo. Vá rapaz, que já é urgente. Ele me acompanha, mostra o sabão, abre a bica. Chegue mais perto. Mais perto. Vejo o ralo, as paredes de metal. Vejo a gordura boiando na água que escorre, logo depois a espuma, e mais espuma, então a água limpa.

Tome isso aqui, rapaz. Estendo a palma da mão, dois brancos, um rosa. Jogo tudo na garganta. Um pouco de água por cima.

Na prescrição: "Mudar a posição dela sobre a cama de três em três horas." Acompanho pelo relógio de pulso, atento para o caso da enfermaria se esquecer da manobra que ajuda a evitar as escaras. Oi, é que está na hora de virá-la na cama. Eles sabem. Já vão.

Lixe as unhas dela até o sabugo. Por segurança, arredonde as quinas. Para que os outros não chiem com a poeirinha fedida de unha se espalhando no ar, vejamos. Use a língua.

O amigo olha os meus cabelos, pergunta se tomei banho. Digo que sim. Que mais ou menos. Me pergunta se quero um café, decide que preciso de um café.

Vem comigo na lanchonete.

Dividimos a mesa porque ele é o preferido. Ela gosta quando o preferido e eu conversamos, sempre pouco, conversamos para o agrado. Ele comenta sobre o frio brusco, de ontem para hoje, bafora as mãos. Abraço com os dedos o copo de café, deixo o copo quente me avermelhar a pele. Ele faz o mesmo. Goles curtos, nós dois.

Pergunta se escutei o que disse. O quê? "Tome as chaves." É um ato coletivo, ele gesticula para mostrar a concordância dos demais. Querem que eu saia um tempo, que vá para outro lugar: um casebre, um vale. "Para você descansar um pouco", "Cuidamos de tudo por aqui", "Qualquer coisa te avisamos".

Três frases boas.

Pigarreio, pigarreio. Deveria negar decididamente, De jeito nenhum, seria a frase não dita, De jeito nenhum, a frase não repetida.

Que eu não me preocupe, que posso ir hoje mesmo se quiser, o amigo diz. Sim, eles cobrirão os pés e ajeitarão os cabelos e avisarão à enfermaria sobre virá-la na cama, isso mesmo: farão todas as minhas tarefas.

Desliza as chaves do casebre na minha direção. Apanho rápido antes que caiam da mesa.

Quer?, ele me estende um cigarro.

Aceito.

2.

É preciso escolher por onde recomeçar. Escolho uma dança.

A mensagem no celular: "Tinha dito um café, mas tive outra ideia." Ela me pediu o número do telefone quando voltou da viagem para ver neve. Passou no banco para destrocar algumas moedas, equivalente a cinco reais. Dei meu número, não pedi o dela — protocolo. Posso te chamar para um café, ela perguntou, Vou te chamar para um café, ela avisou.

Mensagem dois dias depois. Seguida de outra, "Vista algo confortável". Vesti o de sábado, calça de moletom, camisa de malha. O endereço explicado pelo motorista do 432, desça aqui, siga à direita, depois reto, segunda à esquerda. Preciso lavar as mãos, disse a ela no portão. Você se machucou? Não, foi o passarinho.

Ele estava morto recente. As penas ainda presas, mesmo com o atrito das pedrinhas, moleques chutando o volume amolecido de um lado para o outro. Eles pediam entre si, Pra mim, pra mim!, com a lateral dos pés davam golpes rumo a duas varetas fincadas na terra, distância de trinta, quarenta centímetros uma da outra. Voa, voa!, moleques com os caninos por vir, provocando o bicho que só voava entre um pé e outro, por causa de um pé e outro. Pararam antes de chegar às varetas, barriga furou, penas melaram. Vermelho escorrendo no pé moleque. Sabe onde é essa rua, garoto?, mostrei a ele o nome na mensagem do celular. É ali ó. Dei um tempo olhando o telefone, moleques desistidos do jogo, trepando no muro, sumindo atrás do muro. Espanei as pedrinhas do morto, pressionei o dedo no buraco da barriga até o sangue estancar. Cavei a terra com a mão, pus o corpo, ajeitei as asas para que não endurecessem tortas. Uma pedra por cima fechando o túmulo.

Tem sabão ali no tanque, ela apontou. Outras pessoas em fila aguardavam a vez na torneira. Suados.

Fez as apresentações dos amigos, um a um. Parou no preferido, camiseta molhada. Posso te dar um abraço, ele perguntou. Deixei porque ela sorriu. Minha camiseta, marcas do molhado dele.

"Vamos recomeçar?"

Ela pendurou a bolsa num ganchinho da parede, descalçou as sandálias. Fizeram uma roda, ela me posicionou, Vai seguindo a gente. A música, mão contra couro, muitas batidas. Os amigos em centrífuga, eu seguindo e tentando entender, os amigos girando em torno de si e seguindo a centrífuga, as batidas ritmadas guiando os pés, a saia longa que ela vestia girando alto, os amigos de olhos fechados, muitas batidas, suores escorrendo pelos troncos, suores pingando no centro da roda, mãos agitadas, a centrífuga, amigos soltando gritos descompassados, eu tentando entender, eu perdendo o ritmo, confuso nas batidas e me encostando à parede para não cair, meu lanche da tarde se mexendo no estômago, a saia dela girando alto, meu lanche da tarde na garganta, na língua, no chão.

Isso é normal, ela disse, apoiou minha testa na palma na mão fazendo força contra os movimentos contínuos que, língua pendurada, expulsavam uma saliva espessa.

Cospe.

Por favor, para de olhar.

Está tudo bem, só cospe.

Está vendo o pano de chão? Com um pouco de álcool, o cheiro de azedo passa.

Deveria ter aberto as janelas assim que entrei. O apartamento fechado por dias, mofo. Queria pegar logo a mochila, duas mudas de roupa, obedecer ao amigo preferido, obedecer às chaves do amigo preferido. Queria lavar a tinta da mão. Caneta azul do doutor borrando meu dedo: "Assine aqui no xis, rapaz", "Por causa do órgão", "Para o caso de ser necessário retirar para estancar". Três frases ruins. Somente o responsável pode autorizar, ele disse. Olhei para o amigo preferido, que olhou para o chão.

Hoje é que dia, doutor?

Foi o leite, a pressa. Apanhei a caixa já aberta na geladeira, entornei o líquido no copo. Só percebi o azedo depois de engolido. A primeira golfada, leite escorrendo pelo queixo. A segunda, pão do hospital na pia da cozinha. Sem mão para apoiar a testa.

Essa tontura: vá para a poltrona vermelha. Inspire fundo, prenda o ar e conte todos os pontos pretos no teto — mosquitos mortos no verão passado. Contou? Agora vá deste número até o trezentos com os olhos fechados. Rápido. Mais rápido.

Me sentei na poltrona para que ela mostrasse o trabalho com os tapetes. Segundo encontro. Com a trama nas mãos ela me explicou, Agora eu passo a agulha por dentro, dou um nó bem rente aos fios, não vai abrir, mesmo pisando. Coisa das tias, o bordado, os tapetes, Elas me ensinaram tudo. Nunca fez outra coisa?, eu quis saber, e ela aproximou a trama dos meus olhos para que eu visse como se fazia para esconder o nó. Acabamento invisível, era o nome.

O apartamento conjugado, dormitório, ateliê e estoque ajeitados em poucos metros quadrados. Os carretéis apoiados em toquinhos nas paredes, tear ao lado da mesa. Ela subiu no tamborete para apanhar, no alto da prateleira, outras tramas prontas. Queria me mostrar a diferença entre os pontos.

Você deve ser alérgico a poeira, ela disse, me estendendo um pedaço de papel higiênico. Posso abrir a janela?, pedi. Não dá para abrir, empenou.

"Brancos vendem menos." Ela apontou as linhas organizadas na parede por afinidade de cor, brancas, bege, marrons. Me contou sobre a viagem, a neve. Vinte tipos de branco, sabia? Eu não sabia, não. Aqui tenho dois tipos, me faltam dezoito. Riu, ri também. Disse que fazia poucos tapetes brancos porque eles sujam rápido, clientes preferem os escuros.

Você podia ir à praça qualquer dia para ver o movimento da feira, é divertido.

Mas como vou te encontrar na multidão?

Não procure por mim, procure pelos tapetes.

O chão de terra deixava as canelas coloridas. "Sabe o ponto de ônibus em frente ao armarinho?, olhando dali eu fico à direita, lá pelo meio." Senhor, sabe me dizer onde fica a barraca de tapetes? Logo ali na frente, você vai ver assim que virar a esquina, Obrigado, eles ficam pendurados não tem erro, quer aproveitar o caldo de cana três reais?, Agora não obrigado, com pastel tudo em cinco, Obrigado mesmo.

"Vou ter que fazer um dente novo."

Ela esticou o lábio para esconder de mim o espaço vazio na gengiva, me explicando sobre o apertamento, Sabe o que é isso? Ela dormia apertando os dentes uns contra os outros, todas as noites até que rachou. Estou juntando uma grana para fazer o implante. Os dedos de esmalte abóbora ajudando o lábio a encobrir o buraco. Se vender dois tapetes hoje, ela disse, pago pelo menos uma ponte. E quantos você costuma vender? Tem dia de seis, dia de zero. Compro um, estou precisando. Mesmo? Mesmo. Leva o branco, é a trama que tem mais linhas na diagonal. Não entendi. Essas aqui ó, diagonais valem mais do que retas nos tapetes, é mais complicado de fazer. Tá bom, levo o branco e deixo os coloridos que vendem mais. Ela riu dentro dos lábios apertados.

Não precisa carregar, eu te arranjo uma entrega.

Estou saindo de férias, melhor levar agora.

•

Pão do hospital e leite azedo golfados no piso da cozinha. Encho o balde com água, jogo no piso direcionando os grânulos brancos e bege para o ralo. Esfrego com desinfetante, enxáguo. Puxo o excesso com o rodo, enxáguo mais uma vez. Termino com o pano de chão, suficiente para não ficar escorregadio.

Na mochila, duas camisas, calça, casaco. Mapa do casebre. Últimos detalhes: enrolo o tapete vermelho inacabado no corredor, tapete encomenda que ela retomaria em breve, retomará, dois metros prontos mais um e meio por fazer. Ponho tudo num saco de lixo, barbante amarrando a boca.

Janelas, basculantes, tranco. Porta de serviço: trinco superior, inferior. Me sento na poltrona, cabeça apoiada no encosto para contar até seiscentos.

Nota: deixar com o amigo preferido o batom caqui. Para o caso de necessidade.

Dessa vez foi o amigo quem decidiu, deu as chaves. Indicou o ônibus, o ponto de descida do ônibus, que eu dissesse ao motorista quilômetro dois meia quatro, que esperasse no acostamento com o polegar para cima. Diga que vai para a Casa de Consolação, ele instruiu, que a carona saberia onde é. De lá, ele continuou, ande as três ruas longas em direção à barragem de detritos: o casebre vai estar logo antes da porteira que tem a placa de proibido passar.

Se precisar de ajuda no caminho, o amigo disse, espere na porteira da Casa de Consolação. Três turnos, muitos internos. Uma hora com certeza sai alguém.

Podemos seguir adiante? Entre a barragem e a consolação: encontrar um velho. Ter certeza de que veste a camisa com bolso falso, ter certeza de que a pinta negra vai do lado esquerdo do rosto. Ter certeza de que, sim, manca conforme previsto.

•

Grupo de velhos, grupo específico: são eles que me ajudam a viajar.

Há três, quatro anos, o que começou como uma coincidência virou um método. Sigo eles até a confeitaria, escolho uma mesa próxima para me sentar, escuto a conversa, faço anotações. Viajamos, eles e eu, sempre para os mesmos destinos — eles primeiro, eu logo depois. Como você conheceu eles, ela me perguntou. Não conheci, propriamente. Então como ficou sabendo que eles existiam?

Por causa do dinheiro.

Eles queriam destrocar notas, já estavam na fila Câmbio assim que abri o guichê. Escutei a conversa, o tango, a casa de baile, o estádio do Boca e aquele restaurante do outro lado da rua, o que tem fotos de famosos nas paredes — como se chamava?, nenhum deles conseguia se lembrar.

Disse ao Diretor do Banco, mão sobre o estômago, que precisava ir à farmácia. Segui o grupo por duas ruas até a confeitaria. Eles eram cinco ou seis. Anotei o que pude ouvir, o que parecia essencial. As atrações, a tal drogaria que vende remédio controlado sem receita, "Vale a pena a visita", mais os charutos contrabandeados.

"Alongar a perna no avião a cada trinta minutos."

"Incluir resgate-ambulância no seguro viagem."

Todo ano na mesma época, março, segunda quinzena. Uma única vez em abril. Desde que fui transferido para o Câmbio, três destinos. O aumento de trezentos e vinte reais, mais alguma economia. Passagem em dez vezes, doze dólares por refeição. Sempre na baixa.

Um velho, dois velhos, três velhos. Está acompanhando?

São amigos de muito tempo. Menos o solteiro, esse é recente. Escolhem destinos sem os turistas que estalam língua para a lentidão de pernas bambas. Saio do banco às quatro, caminho duas quadras, empurro a porta giratória, mesa central. Café duplo coado, nunca expresso. Escolho um doce para agradar o garçom, "Algo além do café?".

Alguns dos velhos chegam em dupla, poucos. Maioria chega sozinho. Garçom já sabe o que fazer, primeiro rum. Solteiro não engole, mergulha os lábios, só para participar. Depois, pastéis de forno. Solteiro engole, todos engolem. Falam alto, não preciso esforço para ouvir. Gosto quando chegam os corações, pires de metal. Garçom vai buscar no boteco, agrado para os velhos. Confeitaria cheirando a churrasquinho, ninguém incomoda. Velho põe uma nota no bolso do garçom. Velhos comem com os dedos, chupam os dedos. Velho bebe o suco de coração que resta no pires. Mudam para café, leite. Açúcar ou adoçante?, velho diz açúcar, velho diz adoçante. Vou anotando: "Eu teria ido ao galeón de novo."

Velho fala das vieiras com creme, velho fala do caranguejo. Lembram da garçonete?, velho diz que nem me falem isso perto da Rosa. Velhos riem. Coloquei no fundo de tela a foto do Mirante Alarcón, velho mostra, E como se faz isso, velho pergunta. Não sei, foi meu neto. Mais quarenta minutos, algum deles boceja. No dia seguinte, animados de novo.

Volto lá por tardes seguidas até anotar o bastante. Marco asterisco quando comentários efusivos, quase sempre passeios com dança. Gostam de dançar, os velhos. Eu não. Vou para ver as canelas.

"Eu poderia achar que você é esquisito, mas estou sem um dente." Ela riu com os dedos, rimos. Me desejou boa viagem e reforçou a recomendação, que eu não deixasse o tapete tomar muito sol, podia amarelar.

"Você tem cortina?"

O que estão fazendo enquanto isso: metal entre as pernas, introduzir quinze centímetros. Checar imagem. Volume heterogêneo, coloração irregular. Parede esquerda, íntegra. Parede direita, proceder cinquenta pontos — número redondo para o formulário do plano de saúde. Para finalizar, dreno.

•

O auditor do plano de saúde me acorda na poltrona, telefone vibrando no bolso. Senhor, pegamos o seu número na ficha do hospital, sim, O plano dela é B25 certo?, não sei, Cobre trinta dias de intensiva ela está com vinte e sete, mas eu não, Migrando para o D150 qualquer procedimento invasivo fica coberto, é que eu não, Menos complexidade nesse caso o EC1 seria mais indicado. Como o senhor deseja fazer?

•

Mandei mensagem avisando, assentos E6, E7. Cinema na volta das férias. Melhor no sábado para emendarmos lanche, ela disse. Comprei os lugares, esperei na entrada. Ela viria de ônibus, ponto logo ali. Vou estar de vermelho, avisou. De pé no ônibus, vestido de mangas longas, amarração nas costas. Carregava um objeto azul embaixo do braço. É uma almofada, disse antes mesmo do oi. Achava os assentos do cinema desconfortáveis, por isso, sempre uma almofada.

No segundo dia de espera na porta do cinema, recebi a minha, marrom. "Trouxe para você, pega, pode pegar." Quando a luz se apagou, ela disse que a almofada só não era nova. Mas que eu podia ficar com ela de presente, se quisesse.

Depois do filme, lanche. Ela bebia aos golinhos para evitar a quentura no céu na boca. Lanche durava dois cafés com leite. Ela olhava as horas no meu relógio, não podia ir embora tarde por causa da rua deserta. Voltávamos até o ponto de ônibus, ela o 435, eu o 144. Duas almofadas aguardando. O 144 apontava na curva sempre antes do 435. Ela dizia, Vai, baby, faz o sinal. Mas eu preferia que ela fosse antes, para eu poder ver a almofada azul subindo as escadas do 435, passando por cima da roleta, percorrendo o corredor do ônibus até as últimas poltronas, bem embaixo do vidro traseiro.

Um último aceno?, um último aceno.

Evitemos outro acidente. Antes de sair, feche o gás.

Na portaria, Rai pergunta se estou indo trabalhar. Vi pela camisa do senhor, pelo cabelo ajeitado também, é banco que o senhor trabalha, não é?, o senhor voltando pro trabalho é bom sinal. Me pede notícias dela. Mande um abraço meu, diga que foi o Rai da manhã quem mandou, senão ela pode achar que foi o Rai da noite, e o Rai da noite está de férias. Chegou carta aqui, o senhor pega agora ou na volta?

Temperatura corporal vinte e sete. Não sabe o que significa? Que o pulso quase nada. Vão ressuscitá-la. Não te preocupa.

Na barragem não dá para mergulhar, o amigo avisa, atenção à placa com a caveira: detritos de mineração. Devem ter feito uma reunião no corredor do hospital, os amigos, falaram sobre os riscos — se eu ficasse ou se eu fosse, o risco para ela era o mesmo. Falaram do sebo no meu cabelo, do tique na perna, as horas dormidas na cadeira, a minha roupa, o cheiro. Todos de acordo.

Costuma chover por lá?

Às vezes.

Mais alguma recomendação?

Sim. Leve fósforos.

Antes, apanhar meu pote de chá preto no Banco. Pego o primeiro que passa, 529, o que para longe, mas roda vazio. Máquina de ponto, passo o crachá no leitor até o bipe. Colegas me olham, se espantam com a minha presença, se cutucam. Ergo a mão para eles, cumprimento. Eles o mesmo, com as cabeças. A porta do Câmbio identifica minha digital, passo para os fundos. Ninguém mais me vê. Paro embaixo do ar-condicionado, suor descendo nas costas.

Aproveito o refresco para cortar as unhas.

O tubo que desce pela garganta faz o trabalho, infla o peito no cronômetro. Nem muito, nem pouco oxigênio: apenas o necessário. Também não precisa se preocupar com essa parte.

Um vidro blindado. É por onde vejo os clientes que se aproximam do microfone. No cofre, moedas de quatorze países. Outras, encomenda especial. "Quantas moedas existem no mundo?" Tinha suflê para a janta, ela curiosa sobre as moedas, medindo satisfeita o crescido da massa acima da borda da travessa. Cavou com a colher, apontou para o vapor que saía de dentro. Me serviu, se serviu. Assopra, ela avisou, notando o meu garfo a caminho da boca. Nossos lábios brilhosos com a gordura do queijo.

Dreno. Um metro?, mais de um metro desde a parede costurada lá dentro até a garrafa ao pé da cama. Há um creme que desce pelo cano, cai na garrafa. Especiais, cano e garrafa. O creme, meio amarelo, meio vermelho.

Respondo a ela que fico sozinho o dia todo, "Me conta mais sobre o seu trabalho?". Aperto o botão para liberar o microfone quando preciso que o cliente me ouça. O sintetizador muda a minha voz, a torna irreconhecível, mas não corrige as gagueiras. A película no vidro tem efeito de espelho para o cliente, um espelho indeciso: é possível ver o meu vulto do lado de dentro, saber que existe um interlocutor, alguém através da mínima transparência. Mas não é possível saber quem. Mecanismos de segurança.

Não sente falta do Caixa?, das pessoas saberem quem é você?, ela pergunta. Dá um gole no refrigerante, gordura marcada na borda do copo. Destaco o pedaço de papel toalha, estendo. Ela limpa os lábios olhando a travessa de suflê ainda cheia.

Sobrou tanto, te faço a marmita para amanhã.

Aproveite o ar-condicionado do Banco, faça uma contagem à distância para ela. Não essa tua contagem dos números, aquela outra que te ensinaram com as bolinhas. Dez para a mulher (esforçada), uma para o homem (sagrado). Ela está mesmo esforçada, não está? Combina.

Sete copos descasados, pão de milho para o lanche — coisas que passamos a ter quando ela entrou pela porta carregando todos os carretéis e teares em uma caixa. Destino final, o canto da sala. Com a furadeira na mão ela tentava escolher a melhor broca, Deixa que eu sei fazer. Vinte, trinta furos, toquinhos apoiando os carretéis. Orquídea de plástico em cima da mesa. Flores de náilon na pia do banheiro.

O problema é justo o creme. Eles checam o nível da garrafa subindo, doze ml, quinze ml. Se não parar, o plano: poupar a barriga, o corte. Retirar o órgão por baixo. Há um nome no papel, histerectomia subtotal. Está assinada a autorização, não está?

Os amigos querem conhecer logo a casa nova, querem ver como ficou a parede com os carretéis. A amiga puxa assunto comigo, quer que eu apareça de novo na dança, diz que não se sentir bem nas primeiras vezes é normal. "Amanhã é um bom dia para você ir, vai ter dança de pena branca, sabe caboclo?"

•

Cospe.

Não quero mais tentar, não adianta insistir.

Tudo bem, só cospe.

•

A casa é acolhedora, os amigos dizem. Elogiam a orquídea de plástico, o canto com as linhas. Reconhecem o tapete branco com os pontos na diagonal. Aparecem quando é dia de semana, dia de sábado. Paro o que estou fazendo, dou um alô. Ela segura minha mão para eu não ir para o quartinho. Diz frases que começam com *nós gostamos*. Aponta a estante, mostra os nossos livros repetidos, a arrumação proposital deles um ao lado do outro: tirou os volumes da caixa, os dela, procurou os meus volumes, os equivalentes, abriu espaço com os dedos fazendo força para encaixar os dela no meio dos meus.

Posso fumar?, a amiga pergunta, Aceita um?, aceito. Vamos para a janela, lata de refri cinzeiro. Quer saber se eu já conheci as tias. Ainda não, talvez no próximo feriado. Se a tia gostar de você vai dar tudo certo, a amiga diz, a amiga ri.

Hora da visita. Bolinhas massageadoras nos pés, pernas. Ideia dos amigos. Para quê? Agrado, nada mais.

•

Unhas cortadas, ar-condicionado do Banco dando conta de secar o suor. Na antessala do cofre, escaninho número seis, apanho o pote de chá preto.

Diretor se aproxima, já sabe sobre as chaves, sobre o casebre, falei por telefone. Quanto à nova agência na outra cidade, ele diz, você ainda vai querer a vaga? Confirmo, menciono o contrato do quarto e sala, mostro o ticket do intermunicipal no bolso — tudo previsto, tudo combinado, apesar de. Ele não sabe por quanto tempo vai poder segurar a vaga, sente muito. Duas semanas? Posso tentar, mas não posso garantir. Uma? Posso tentar.

Tranco o escaninho, mochila no ombro para a saída. Dedo no leitor digital, erro. Limpo o pequeno vidro com o punho da camisa. "Oi." Dedo no leitor digital, erro. "Oi." É um cliente. Me oferece a mão, pergunta se me lembro dele, da empresa tal. Tiro o lenço do bolso, esfrego novamente o pequeno vidro. Digo que me lembro sim, minto, que não estou de serviço, então seria melhor se ele. Me interrompe. Diz que ouviu falar dela. Dela? Ele confirma. Diz que sente por mim, Imagino sua situação. Dedo no leitor digital, porta aberta.

Espera, acho que posso te ajudar.

Não é necessário.

Mas eu gostaria.

O cliente se abaixa, abre a valise com a logomarca da empresa. Tira de lá um saco branco, me estende.

Pega, pode pegar.

A garrafa: vinte e três ml. Doutor? Preparar procedimento. Anestesia ok, respirador ok, sinais vitais ok. Pernas afastadas, pedestais de metal na dobra dos joelhos. Aqui estão os alargadores, doutor.

Abro o saco: analgésicos, descongestionantes, calmantes, soníferos — ansiolíticos. Não posso aceitar, é a frase que deveria dizer, Não posso aceitar de jeito nenhum, deveria repetir. Controlo a salivação, empurro os óculos para cima. No corredor, ninguém. Pela fresta da porta, ninguém.

Enfio a sacola na mochila. Agradeço.

3.

Em menos de seis horas: órgão na bandeja. Dessa vez ela não sentiu descer. Tudo certo.

Esperava que fosse maior. Entre duas montanhas, a Casa de Consolação tendendo à esquerda, construção pousada no fundo do terreno: dois andares mais porão. Da porteira consigo ver um pátio de terra ligando o caminho de entrada à porta principal da casa. Arame farpado cercando o terreno.

As janelas, cinco em cada andar, estão fechadas. Ninguém entrando ou saindo. Talvez seja a hora do cochilo, do banho. Olhando de longe consigo ver no chão do pátio inúmeras pegadas formando um percurso específico, grande roda: pés de vários tamanhos se sobrepondo em uma linha circular. Marcas de uma procissão?, uma gira. Não dá para ver, ao menos não daqui, de onde vieram os participantes. Não há rastros de entrada no círculo, nem de saída dele.

Em direção à barragem, ando as três ruas longas no trajeto previsto pelo amigo preferido. Logo antes da placa de proibido passar, lá está, o casebre.

Duas janelas frontais, azuis, uma de cada lado da porta. Confiro o chaveiro: santa de plástico segurando pelo elo duas chaves, "Uma para o casebre, e outra se for preciso abrir um cadeado de porteira".

Conto até a casa: cinquenta e seis passos.

Tubo 1, ar (descolorido). Tubo 2, líquido que sai (vermelho, negro). Tubo 3, sangue que entra (vermelho).

Dois giros de chave na porta do casebre. Do lado de dentro, capacho diz bem-vindo.

A costura do calcanhar deu problema. Tiveram que abrir, raspar, costurar de novo. Ela não sentiu nada. Vai saber depois, por causa dos pontos brutos. E da anotação no prontuário.

Casebre com cheiro de guardados. Cheiro de vazio, sem suores e derivados. Abro as guilhotinas, poeira que chega a ver. Apanho o antialérgico no saco branco, comprimido seco pela garganta. Me apresso com o lenço, acudir o nariz. Procuro o cinzeiro antes de riscar o fósforo. Na mesa de centro não, mesa lateral não. Casebre não fumante. Abro a porta novamente, me sento sobre o bem-vindo. Fumar do lado de fora, agradar o morador que não está.

Doutor, o quadro? Estável.

Se ela estivesse aqui. Afastaria as cortinas, abriria janelas, portas. Vem fumar na janela, diria, apoiando os cotovelos para não me deixar só. Papinho do cigarro, tem esse nome que ela deu. Eu assopraria a fumaça para o lado de lá, abanaria o ar quando ela, a fumaça, voltasse. Ela não se incomoda, não se incomodaria de usar o meu lenço para acudir os espirros, tantos, que respondem à fumaça.

Ao lado do degrau da porta, um buraco. Guardo duas guimbas ali. Desculpe, fumei na sua casa — eu teria que dizer ao amigo preferido caso deixasse espalhados os indícios. Por isso, todas as guimbas no mesmo lugar. De duas em duas, como gosto.

Comprimido fazendo efeito, entro para o reconhecimento. Quarto, banheiro, cozinha. Na mesa, fruteira sem fruta, com baralho, papel, caneta, barbante, canivete, acendedor de vela. Não tem luz elétrica, amigo preferido avisou. Me esqueci.

Documentação do procedimento informa: peso do órgão, sessenta e dois gramas.

Não me esqueci. Não me esqueceria de estar na janela, fumando, quando ela finalmente saiu do banheiro depois de tanto tempo trancada, dizendo que o médico do postinho, por fim, tinha razão. Como eu vou saber se deu certo, doutor? Que ela sentiria descer, que não teria dúvidas se deu certo ou não. Me perguntou se eu tinha jogado as aparas vermelhas na lixeira, me agradeceu por ter ajudado com isso. Você vai me dizer o que foi o barulho?, perguntei. Ela achava que ia. Você vai me dizer agora?, perguntei também. Agora não, que o vaso tinha entupido.

Já dou um jeito, baby, já dou um jeito.

Documentação do procedimento informa: destinação do órgão, resíduo especial.

"Junte todo o lixo e faça uma fogueira antes de voltar. Só tome cuidado para não perder o controle e o fogo lamber o matagal inteiro." Ok, amigo preferido.

Fervi a água, chá preto. Na cozinha do casebre, além da chaleira, uma panela e escorredor de macarrão. A cafeteira que vai direto ao fogo. Água embaixo, pó em cima.

•

O aviso na parede escrito à mão, "Café somente coado", sublinhado o somente. Combinamos de ela me encontrar na padaria, a que eu frequentava diariamente depois de almoçar e lavar a marmita — única padaria da região com alternativa às máquinas de café em cápsula. Dois reais o copinho, dois e cinquenta se duplo: promoção. Sempre com gosto de queimado.

Marcamos à uma e trinta.

No prontuário, data, hora. Hemorragia, dedos cianóticos. Não sabe o que significa? Que ficaram roxos, os dedos.

Ela atrasada no horário. Pedi o café para não perder o lugar no balcão, abri o livro, tempo de três páginas. Pela vitrine de vidro chequei a rua, a calçada, mais quatro páginas. Uma e quarenta e dois, ela chegou. Da porta disse meu nome em boa altura. Marquei a página treze. Ela com óculos escuros verdes. Verdes e meus. Deu um sorriso para dizer que me viu, entrou cuidando de colocar o cabelo de volta atrás das orelhas. Fez isso depois de mexer na minha gaveta, pegar os óculos, experimentar. Talvez experimentar também o marrom, o do camelô. Voltar ao verde, checar de novo se bonita de frente, bonita de perfil. Me ajuda?, ela sentada ao meu lado no balcão oferecendo os dedos trêmulos para que eu prendesse entre os meus e baforasse ar quente. Melhor?, melhor. Ela ergueu o dedo já rosado para o atendente. Um duplo, por favor.

Difícil saber o que veio antes, o que veio depois. Importa a ordem?

"Aqui é o Rai, chegou uma encomenda para o senhor." Desliguei o interfone e inventei uma desculpa para descer: Vou assinar correio. Voltei pelas escadas carregando a caixa, Elevador quebrado, Rai? Não senhor, porta aberta no décimo quarto de novo.

Que caixa é essa, baby? É para você, abre. Máquina de costura. Disseram na loja que trocando a agulha dá para fazer cortinas, aqui ó, levanta a sapatilha, gira esse pininho. Mas não precisava. Precisava sim. Deve ter sido caro. Parcelado eu consigo. Onde vamos colocar?

Na mesa do quartinho. Revezaríamos a máquina de costura e os papéis do concurso, estava combinado. O primeiro teste, bainhas nas calças do Banco. Me fez vestir cada uma delas, subir no tamborete. Agulhas marcando a altura do corte.

Experimentei o serviço feito, olhávamos os dois para o espelho, ela pedindo desculpas, dizendo que era tarde demais. Tinha cortado além da medida. "Se você usar a meia da mesma cor da calça talvez não dê para perceber."

Dois, três sacos de sangue por dia. Os amigos estão doando e os amigos dos amigos também. Deixe isso com eles, o sangue, o ar, as ressuscitações, os índices de laboratório. Se preocupe apenas com as partes vitais: as dobras, os contornos, as costuras, os buracos, todos os buracos, as escaras, as pupilas dilatadas, as reações involuntárias, os riscos e perigos e manobras, e mais o que vai dentro (recheio) e o que vai fora (dedos). Você deveria se preocupar somente com isso: coisas que distinguem um corpo.

•

Ela comprou o filme na loja que indiquei, a única que ainda tinha em estoque alguns rolos do modelo da câmera. "Que máquina mais antiga." Não é antiga, é analógica de propósito.

Eu preferia desse jeito, fotos contadas, sabendo desde o início que o filme não duraria para sempre. Cada clique fica mais planejado, mais proposital, entende? — expliquei a ela.

"Tira daqui pra cima." Instruiu a amiga que evitasse enquadrar na foto minhas calças pescando. Precisávamos de uma foto de nós dois, ela disse, para o porta-retratos que tinha comprado na feirinha.

Com as sobras do rolo foi para a janela. Na foto: o vendedor de laranja para doce. Lata de sardinha, sem sardinha, toda furada para parecer ralador. Ele passava o instrumento na casca das laranjas até que mostrasse a carne branca. Cortava em cruz, punha fora os gomos. Carne da fruta em quatro pétalas presas pelo cabo. Na plaquinha, "laranja pra doce 1/2 dúzia por 15."

E o que estava acontecendo nesta aqui?

Ela disse que ouviu um barulho, veio para a janela, vendedor correndo com as laranjas na caixa, vendedor na calçada embrulhando muambas no lençol, os dois correndo e olhando para trás, capas de celular no chão, gente saindo de dentro da loja para ver, gente fugindo para o outro lado da rua, vendedor de muambas deitado no chão com a mão na cabeça, fardado pisando nas costas dele com cassetete na orelha, tô limpo, tô limpo, vendedor dizia com a cara no asfalto, cala a boca, o fardado mandava, patrulha encostando, algema no vendedor, levanta ele, segura pela nuca, empurra a cabeça para entrar na patrulha, dispersando, dispersando, o fardado mandava, gente voltando a andar como se nada, vendedor de laranja checando da esquina, voltando com a banquinha para o mesmo lugar de antes, ajeitando as laranjas como se nada.

Na foto: gente roubando as muambas no chão, se acotovelando entre as sobras.

O que estão fazendo enquanto isso: reduzindo a sedação para o teste. Se as linhas verdes no monitor continuarem gotejando, gotejando como devem, então tudo certo.

Porta-retratos de madeira, única foto no casebre. Amigo preferido e seu companheiro, ombro a ombro, sorrindo para a câmera.

Ela orientou os dois na posição. Era aniversário do amigo, restaurante com velas, mesa comprida, guardanapos de pano, vinte, vinte e cinco convidados. Rapaz de branco indicou as cadeiras, plaquinhas com nomes sobre os pratos diziam que eu na lateral, ela na cabeceira. Acho que chegamos muito cedo, eu disse. Era esse mesmo o combinado: que ela chegasse cedo, confirmasse que a reserva ok, que a mesa ok, para que a surpresa funcionasse. Quantos anos ele está fazendo? Ela prestando atenção na porta, checando o relógio.

O de branco voltou com um pano dobrado sobre o antebraço. Mostrou a garrafa para ela, para mim. Aceitam? Estava tudo pago pelo companheiro do amigo preferido. Aceitamos. Ela deu um gole curto, disse que estava ansiosa, que as bolhas da bebida iam dar azia. Chegaram. Todos juntos, os outros convidados guiando o amigo preferido com cara de que, sim, tinha funcionado a surpresa. Ele caminhou em nossa direção mostrando os dentes, erguendo os braços. Tinha gravata-borboleta amarela. Passou direto por mim, abraçou ela pela cintura pondo a boca em seu ouvido. Ela olhava o teto para escutar, ele deslizava as duas mãos sobre as costas do vestido preto, até onde o zíper acabava. Quando terminou o que tinha para dizer, nove segundos, afastou os ombros para olhá-la de frente. Ainda com as mãos sobre o fim do zíper.

Não aparece na fotografia do porta-retratos a gravata-
-borboleta que ela ajeitou com a ponta dos dedos antes de
posicionar a câmera. No enquadramento, olhos, dentes. Bons
dentes tem o preferido.

Mais uma vez. Seja criativo. Use o pano de chão.

Banheiro miúdo do casebre. No chuveiro, uma cortina de
plástico das que grudam nas pernas. Mureta isolando o piso
do box do restante do banheiro. Enfio o pano de chão no ralo,
abro o chuveiro na maior vazão.

Vai encher.

Contar até trezentos.

Sedação reduzida a setenta por cento. Durante a massagem da
tarde, bolinhas rolando sobre as pernas: Doutor, os dedos dos
pés se mexeram. Os dedos!

•

Arranjei alguém para consertar. Dono do apartamento
oferecendo desconto no aluguel para eu me virar com a parede rachada do banheiro. Rai da noite disse que tinha um
compadre. Compadre do Rai avaliou, seguiu a rachadura até
o chão. Não vai dar para resolver de vez, ele disse, o rachado
é fundo, não adianta só pintura. Por aquele valor ele podia
raspar, dar uma mão de massa e tinta. Mas ia rachar de novo
dali um pouco.

Dali um pouco, conforme previsão do compadre. A rachadura de novo. O aviso do Diretor: nova agência em outra cidade, Precisamos de gente lá, conhece alguém?

Queria indicações para gerente. Disse que não valia a pena para mim, agência pequena, sem Câmbio, apenas dois caixas e um consultor — que eu esperasse outra vaga para me candidatar. Eu gostava da outra cidade, gostava bastante, falei para o Diretor. Me candidataria mesmo sem Câmbio.

"Tem certeza?"

Combinado para dali a algumas semanas. Expliquei a ela que seria bom porque pagavam mais para cargo de gerente, porque usaria terno, porque teria direito à maior mesa da agência, talvez perto da janela. Tenho o perfil da vaga, disse a ela, e isso era uma sorte, Ainda mais com essa crise toda, garanti. Estudaria para o concurso nos finais de semana, e de lá mandaria fotos pelo correio, de lá torceria para os tapetes venderem, para a feira encher, e as cortinas, quem sabe as cortinas venderiam ainda mais que os tapetes. Além disso, a mesa do quartinho: livre para a máquina de costura, mais espaço para as linhas, as aparas, os desenhos.

Se queria mesmo vestir terno, se precisava mesmo de uma mesa maior. Detalhes que ela poderia questionar. Poderia duvidar se um quarto e sala seria suficiente, Quanto mais perto da nova agência melhor, evitando a ajuda da amiga que mexe com aluguel, e que logo no dia seguinte arranjou o quarto e sala — fotos do cômodo por email para mim, cópia para ela, assunto: quarto e sala parede cimento queimado. Entre aspas o cimento queimado. Responder a todos: podemos ver o contrato?

Estava combinado. Ajeitar o quarto e sala, aguardar o ok do Diretor.

Se eu podia prometer que mandaria fotos toda semana, ela perguntou. Se podia fazer isso por ela. Sim, eu disse, mas não tinha como garantir que encontraria rolo de filme para a câmera. Tão difícil de encontrar, cada vez mais difícil.

Podia prometer?, ela insistiu.

Ok. Estava prometido.

Sedação reduzida a cinquenta por cento — teste 1. Apneia: negativo. Movimentos respiratórios contínuos.

•

Caminhávamos pela areia, eu e ela, domingo nublado. Um pequeno grupo olhava para o mar, sujeitos com pescoço esticado. O que tem lá? Olhamos e não vimos nenhum bicho na superfície, Um afogado?, não, nenhum afogado. Chegamos perto do grupo, ela esticando o pescoço exatamente como os outros faziam. O que estão procurando? É um submarino, homem disse. Na superfície? Não, no fundo, está passando agora mesmo ali no fundo. Tinha dado no noticiário. Moça direcionando nossa mirada com o dedo, Ali na altura das ilhas. Olhamos por minutos. Nada.

Como vocês sabem?

Como sabemos o quê?

Que está ali o submarino.

Olhamos todos por mais algum tempo. Homem checou o relógio, A esta hora já deve ter passado. Continuamos a caminhada, ela dizendo que nunca tinha visto um mar assim. Assim como? Com submarino.

Teste 2 — consciência. Ao beliscão: resposta motora leve.

Duzentos e noventa e nove, trezentos. Água pelas canelas no box do casebre. Fecho o chuveiro, me deito no chão cuidando para não deixar transbordar.

O primeiro banho com água em quantos dias? Muitos.

"Agora passe este por cima deste." Ela me ensinando a cama de gato com barbante, Como você não sabe fazer a cama de gato, ninguém te ensinou quando era criança? Armou todas as posições possíveis com a linha nas minhas mãos, Vou tirar cada uma delas para você ver como se faz. Mostrou a posição dos dedos, primeiro os mindinhos, assim, entrelaça, joga por baixo, agora os indicadores, polegares para cima. Viu? Agora, dois dedos em pinça, desse jeito, dá a volta por cima, sai por baixo. Sua vez.

Não sei por onde começar.

Pelos meus dedos: olhe o que está faltando.

Falta toalha. Tiro o pano de chão do ralo, torço uma vez, duas. Balanço o pano para esticar, retiro pontas de piaçava, retiro sujeiras. Passo o pano nas pernas, onde os pelos seguram mais água. Torço de novo. Seco os braços, o peito. Esfrego o pano no cabelo. Ponho a roupa ainda sentindo o úmido. Visto o de sábado, a não ser pelos sapatos, os de Banco.

"Não se esqueça do tênis. E dos fósforos, não se esqueça especialmente dos fósforos." Ok, amigo preferido.

Me lembrei apenas do chá preto, dos cigarros. Comprei um pequeno estoque de ambos, deixei na mesa da cozinha, para o caso do Diretor dar o ok. Precisa se adiantar tanto?, ela quis saber. Só estou me organizando, para não me esquecer de nada fundamental.

Me faz um favor?, o amigo pediu. Quando voltar do casebre traga as cortinas, estão precisando lavar.

Teste 3 — reflexo ocular. À estimulação luminosa da pupila: contração.

Que também era boa com as cortinas, ela disse. Você vai ver quando eu pendurar. Esticou os grandes panos no chão da sala, se sentou para fazer a bainha à mão. Por que não usa a máquina? Porque bainha à máquina tira o caimento, ela explicou. E além do mais as pessoas gostavam da plaquinha, "Cortinas costuradas à mão". Na feira ela era a única.

Mordia os lábios fazendo força para que os dedos empurrassem a agulha através da dobra grossa de pano. Não era o tecido ideal, ela disse, mas depois comprávamos outro melhor. Ganhou sobras da colega de feira que vendia colchas, emendou os pedaços inventando uma combinação entre as estampas.

Abriu a escada em frente à janela, subiu até o último degrau, enfiou uma a uma as roldanas no trilho. Por favor, não suba aí com a janela aberta. Não tem perigo, baby. Você pode se desequilibrar. Estou acostumada, não se preocupe com essa parte.

Você pode me emprestar algumas caixas vazias de linha?, pedi — separar papéis e livros para levar para o quarto e sala.

O Diretor deu o ok?

Ainda não.

Então vem aqui jogar cama de gato comigo.

·

O mapa desenhado à caneta, diretrizes entre o casebre e o vilarejo. As velas, ir ao vilarejo em busca de velas: não ficar totalmente no escuro.

Memorizo as coordenadas do papel. Dobre à direita, siga reto, segunda à esquerda, continue pela estrada de chão, duas porteiras, uma mangueira de referência.

Dá para ir andando?

Dá.

Tiraram o curativo da mão para checar os dedos. Só não deu para salvar as pontas, mas há duas falanges quase inteiras no polegar e no mindinho. Vitória, o médico disse. Isso é uma grande vitória.

4.

"Desculpe se te machuquei."

Era a frase do cartão, bandeide em desenho infantil na parte da frente. Ela deixou no Banco depois do almoço, pediu que a aprendiz me entregasse o envelope. Por causa dos dentes dela, finos. Prendeu meu lábio inferior apertando cada vez mais, eu pedindo que não mordesse, que por favor não mordesse, tentando soltar o lábio e sentindo os dentes finos penetrarem cada vez mais a pele. Ela segurava a minha cabeça, ria do meu esforço mordendo com força, mais força, e depois chupando o lábio.

Limpou a saliva no queixo com as costas da mão, pediu desculpas dizendo que tinha perdido o controle.

Protocolo de retorno 1. "Você se machucou e está no hospital. Procure ficar tranquila, estamos cuidando de você."

Devia ter deixado um cartão no hospital para quando ela acordasse. Talvez reconhecesse a minha letra, gostando de ler a assinatura costumeira ao final da página, o P grafado em forma de lupa. Ou talvez não conseguisse ler nada, confusa com o reconhecimento das vogais e consoantes, olhando as palavras no papel como um desenho abstrato.

Na porta do casebre, confiro: chaves, dinheiro. Celular? No bolso. Amigo preferido mandaria mensagem.

Protocolo de retorno 2. "Seus parentes serão chamados e estarão aqui em breve."

•

Ela chegou em casa sem dizer uma palavra. Estranhei quando a vi arrumando o armário de roupas, passando as saias para as portas de cima, calças para as gavetas de baixo. Tirou das unhas o esmalte cor de abóbora, não pintou nenhuma outra cor por cima. Amigo preferido apareceu com um vasinho de flor, entrou no quarto para falar com ela, fechou a porta.

O que aconteceu, perguntei.

Nada.

Tem certeza?

Não foi nada.

O Nada trabalhava na cooperativa. Ajudava a vender, negociar. Mandava os tapetes para outras cidades, lojas. Pagava direito, ajudava com as encomendas. Te procurei no seu prédio ontem, ele disse, Está surpresa?, não foi tão difícil, olhei o endereço no cadastro na secretaria, sou um garoto esperto, ele avisou. Seu porteiro me disse que você tinha saído de touca de borracha, foi nadar?, ainda te esperei um pouco, sim, conheci ele sim, na portaria logo antes de ir embora. Não sabia que você tinha um namoradinho bancário.

Que podia revisar as tabelas de produção, ele ofereceu. Que não se incomodava em ajudar. Está ocupada hoje?, perguntou, pode tomar um lanche comigo?

Entraram na lanchonete, ele um sanduíche, ela vitamina de frutas. Disse que ela era a melhor de todas, melhores tapetes. Que não precisava ficar vermelha, que era boa mesmo. Ela agradeceu sem olhar. Ele passou a mão nos seus cabelos, puxou as pontas com uma força incômoda. Ela encolheu os ombros. Disse que ela não precisava ser arredia, que era só carinho. Lembrou a ela que ia pagar o mês no dia seguinte, Trezentas pratas para você, devia ser mais agradecida. O prazer era dele, disse, logo depois de ouvir obrigada de olhos baixos.

Vamos ali comigo, ele convidou, é rapidinho, garantiu. Ela apertou os dedos debaixo da mesa, disse que não queria ir. Vamos sim, deixa disso. Não, ela repetiu, tinha que ir embora, estava atrasada para me encontrar, o namorado, me encontrar ali na esquina, onde eu já devia estar chegando, inclusive. Reforçou o inclusive olhando em direção à esquina, me procurando e talvez até mesmo me vendo chegar conforme o combinado.

Ele também olhou para esquina, mas logo voltou a prestar atenção nela: olhos fixos na mesa sem conseguir engolir a vitamina parada na boca. Você precisa aprender a mentir melhor, ele disse. E mudou a voz. Eu fui gentil te fazendo um convite, mas como você é indecisa eu resolvo por nós dois.

Esmagou os dedos dela embaixo da mesa, prendendo os dez bem no centro do seu punho. Com a outra mão, forçou para que ela afastasse os joelhos comprimidos. Que levantasse a cabeça e olhasse para ele, era a ordem. Nos olhos, me olha nos olhos.

Limpou a cara com raiva, primeiro com a mão, depois com o guardanapo, quando ela cuspiu a vitamina parada na boca.

Anda do meu lado e não dá um pio, ele disse, deixando ver um dos dentes, o da frente, quebrado para mais da metade.

"É normal você não conseguir falar agora, por favor, se acalme."

Agarrou ela pela mão, foi até o caixa, pagou o lanche. Cuidou para que ela, agora sim, não olhasse para ele nem para ninguém da lanchonete. Que fitasse o chão, e apenas o chão, até que ele desse outro comando.

Abriu a porta do carro esportivo. Fez ela se sentar no banco de trás, prendeu o cinto. Disse para calar a boca, ergueu a mão para que calasse logo. Bateu a porta. Contornou o carro para se sentar ao volante. Parou no caminho. Mostrou a ela, do lado de fora do vidro, o chaveiro automático em sua mão. Não adiantava espernear, avisou, nem que ela tentasse quinhentas vezes a alça da porta.

Ligou o carro, aumentou o volume do rádio cobrindo por completo os gritos, *O vento que venta lá fora, O mato aonde não vai ninguém, Tudo me diz, Não podes mais fingir, Porque tudo na vida há de ser sempre assim.* Dirigiu quatro ruas. Estacionou embaixo dos postes sem lâmpada.

Freio de mão, faróis apagados.

Foi para o banco de trás, calças desabotoadas. Que ela não chorasse. Que não chorasse, era uma ordem que ele dava. Agarrou o rosto dela pela mandíbula. Pôs a língua para fora, lambeu as lágrimas. O cheiro da garganta dele, ruim. Lambeu do lado direito, e do esquerdo. A testa, o queixo. Disse no ouvido dela, Você tem um gosto. Perguntou qual seria então o gosto daqueles dedinhos cor de abóbora. Pôs dentro da boca os cinco dedos ao mesmo tempo. A língua dele, áspera. Lambia e gemia.

"A culpa não foi sua. O que aconteceu foi um acidente."

Soltou o cinto de segurança dela, mandou que virasse de costas. Gritou, Vira de costas. Não ponha deus no meio disso, que eu não estou fazendo nada demais, ele avisou. Que se estivesse no lugar dela pararia de se debater ou não seria gostoso, Você não prefere que seja gostoso? Com a mão direita ele encobriu os gritos, tampou a boca com força. Com a esquerda, puxou a calcinha dela para baixo. Melou o dedo do meio com cuspe.

Ela não soube dizer o tempo, se dez segundos, se meia hora, mas que a janela do carro se estilhaçou inteira, disso sim ela estava certa. Ele levou um susto, tirou o dedo lá de dentro para proteger a cabeça do pedaço de pau enfurecido nas mãos de uma mulher que, do lado de fora, ia quebrando, um a um, todos os vidros do carro. A mulher amassava a lataria bem em cima da cabeça dele, esmurrando várias vezes o mesmo ponto para que o teto afundasse mais, prometia morte, morte, quebrando os retrovisores com o pau e deixando o vidro traseiro por último, o mais resistente, quantas pauladas para quebrar o vidro?, juntando força sabe-se lá de onde até fazer o carro apitar um alarme agudo de invasão, deixando cair o arco forrado de brim rosa que enfeitava a cabeça, objeto encardido de uso e, portanto, querido, indo parar na tampa do bueiro.

Sai agora, a mulher gritou para ele. Sai agora.

Ele saiu engatinhando, chamou de maluca, Sua maluca. Mulher gritava, Sai daqui, sai daqui que eu estou mandando, atenta em tirar proveito das mãos dele erguidas em torno da cabeça para ajustar a mira, varando com precisão o pau enfurecido no meio das costelas.

Ele gemeu diferente. Ele correu.

A mulher olhou para ela no banco de trás, estendeu a mão. Vem comigo, pode vir que te ajudo. Ela puxou a calcinha de volta para o lugar, ajeitou o elástico na parte de trás, o elástico que entrava na dobra da pele e machucava se não ficasse no lugar certo.

Se apoie em mim. Mulher sustentou pela cintura o tronco tremido que ela não conseguia conter, puxou a ponta da blusa para limpar no rosto dela a saliva grossa que ainda restava. Abraçou esperando passar o soluço, perguntando se ela queria telefonar para alguém.

"*Sem lesão permanente. Vai ficar tudo bem, pode ter certeza.*"

Por que você não me contou, perguntei, por que não me ligou na hora, perguntei também. Não tinha como, ela disse. Não tinha crédito no telefone e não conseguiu pensar, no meio de tudo, como era mesmo que se fazia uma ligação a cobrar. Noventa-noventa, algo assim antes do número? Que os dedos tremiam e, se alcançasse o celular dentro da bolsa, se alcançasse sem ele ver, precisaria esperar que tocasse até o fim aquela música que avisa sobre a cobrança, e depois até o fim o recado para que a pessoa continue na linha para aceitar a chamada, e depois ainda o bipe — para só então, se eu atendesse ao telefone no meio do expediente, contrariando as regras do Banco, só então ela pudesse pedir, do outro lado da cidade:

Por favor, me ajuda.

Nota 1, assim que der: pedir que te tragam um espelho. Perceber o que falta.

Ela está doente mais ou menos, foi o que eu disse ao telefone para a secretária da cooperativa, que passou para a chefe da cooperativa, Mas o que aconteceu? Queimadura, ela se queimou. Quer que eu falte ao trabalho hoje para você não ficar só? Não, apenas invente uma desculpa por mim para a chefe. Vou dizer que você quebrou a perna. Não, menos. Que está com pneumonia. Menos.

"Sou eu, estou ligando para saber como você está", "Sou eu de novo, você está longe do telefone?, só queria saber se você está bem". Dois recados na caixa de mensagem.

Ela desistiu de faltar ao trabalho. Foi até a cooperativa, reuniu as meninas e contou tudo, a língua, o carro, a mulher, o pau nas costelas. Foi à delegacia, fez a ocorrência. Desdobrou o papel carimbado pela DP, me mostrou a descrição, lambida, dedo, cuspe, características físicas do acusado, assinatura da delegada ao final de tudo. O que você vai fazer agora?, perguntei.

Fritar um peixe para a janta.

Nota 2, assim que der: perguntar se alguém sabe da flor de náilon. Se guardaram. Se podem buscá-la para você colocar no cabelo.

Na descrição do papel. Homem. Aproximadamente cinquenta anos. Um metro e oitenta. Acima do peso. Cabelos grisalhos. Olhos escuros. Cicatriz lábio leporino. Brinco orelha esquerda.

Era ele, eu não sabia.

Esse senhor está procurando por ela — Rai me disse no dia anterior, apontando para o cara sentado na cadeira. Ele viu as sacolas do mercado penduradas em minhas mãos, recolheu a oferta de cumprimento. Disse que era o professor de planilhas, que tinha oferecido de revisar as tabelas de produção. Já que ela não estava em casa, iria procurá-la no dia seguinte lá na cooperativa — não tinha pressa.

Acenou da calçada, abrindo a porta do carro esportivo.

Nota 3, assim que as tias chegarem, confirmar a história do pai velho. Pedir detalhes para a tia.

•

Setenta e três passos até a mangueira prevista nas instruções do amigo preferido. Passam ao meu lado dois homens na mesma bicicleta, o da frente pedala e o da garupa, pernas no ar para o equilíbrio. Me cumprimentam. Carregam varas de bambu, das que afinam na ponta, envergam sem quebrar. Vão tomando os solavancos de pneu vazio, não se incomodam. Estão indo, devem estar, para o açude que eu não sei se existe.

Ela disse que foi o pai quem a ensinou a pescar. Pai velho. Distinguia assim, o pai velho do pai novo, aquele que veio depois, mas durou pouco e por isso não entra.

O pai velho punha a minhoca na palma da minha mão, ela disse, ensinava a partir ao meio o tubo escorregadio para fazer o bicho entrar melhor no anzol. E para isso ensinava a usar a unha. Que não tivesse nojo da gosma, ele avisava, a que saía de dentro do tubo partido, que cravasse a unha com força, apertando até rasgar a minhoca. Que ficasse atenta porque ela, a minhoca, daria pinotes para fugir da minha mão. Que não tivesse nervoso, muito menos pena. "Entendido?" O pai velho sempre perguntava se eu tinha entendido, queria garantir. Só não me deixava segurar o anzol sozinha, muito pequena ele dizia que eu era. Por isso só até partir a isca.

Mas demonstrava de perto, ela continuou, como eu deveria fazer quando chegasse a minha vez: que enfiasse a minhoca pela cabeça para ficar mais firme, o anzol ao longo do corpo. "Está vendo?" Em seguida, explicava como segurar a vara, como mergulhar a isca no açude, como aguardar com paciência. Quieta, sempre quieta para perceber o tremelique na vara e reagir rápido. Mas não rápido demais, dando pelo menos o tempo de o peixe abocanhar por completo o anzol. Nas primeiras vezes eu sentia o tremelique, demorava a reagir, mão ainda boba. "Vamos de novo." Pai velho ajudava, puxava o peixe fingindo que eu puxava o peixe. Punha os bichos num balde com água, todos eles lá, do tamanho de passarinhos, nadando em quinze centímetros. Só tirava da água na hora de jogar na panela, eles tinham que cair ainda vivos no óleo fervendo, o pai velho dizia. Assim é que era fresco.

Você não tinha pena?, perguntei a ela.

Pena de quê?

Suas tias estão a caminho. Entendeu o que disse? As três.

Pai velho: o pai velho. Existia na única foto dela bebê, e também na fala da tia doida, que gostava dele e, por isso, se lembrava dos detalhes. Como, por exemplo, a falha no cabelo do lado direito, fios arrancados por causa "do estado de nervo que ele sofria". Foi assim que a tia doida disse, montando o pai velho como uma história que se repete, e se realiza porque se repete.

Já na fala da mãe, morta demais para contar, nada de pai velho. Nem na fala das duas tias corridas demais para escutar a tia doida, sempre corrigindo a tia doida ou mandando que ela se calasse quando começava a ladainha. Zangavam com ela, Pare com essa ladainha de pai velho, exclamativas as tias.

Ele tinha estado de nervo que nem eu e catava os besouros mortos — duas coisas que a tia doida disse. O azul dos besouros, azul tão vivo, guardado dentro de uma caixa: "coleção de mortinhos", nome dado pela mãe. A tia gostava desse nome.

Você nunca pensou em procurar por ele?, perguntei a ela. Nunca pensou em pedir à tia doida que te dissesse como encontrá-lo?

Feriado de Páscoa, tia doida sozinha na sala pintando ovos de galinha. Cerquei: pai velho, verdade?

"Tá vendo aqui esse furinho na casca?, é por ele que eu escorro a clara e também a gema, só eu sei fazer, nenhuma delas sabe. Nenhuma delas consegue entender como tudo sai por um buraco tão pequeno, mas eu sei explicar, sei sim, enfio um alfinete pelo buraquinho, cutuco a gema desse jeito, está vendo?, e se por acaso agarrar e a clara não descer, eu chupo pelo buraco, isso sempre resolve — aliás, tome aqui, garoto, uma coisa para você."

Me estendeu dois recortes de jornal. "Bombeiros salvam jovem que cimentou cabeça em micro-ondas", "Bombeiro que furtou viatura disse que só queria levar a mãe idosa ao cinema". Tia doida sabia sobre a minha pasta de recortes, coleta de referências para a redação do concurso.

Depois você me mostra a pasta, agora sai que estou com os ovos.

Coloquei o presente da tia doida junto com os outros recortes. O da mochila suspeita que mobilizou brigadistas na escolinha primária. O da tecnologia iraquiana nas novas mangueiras do 15º Batalhão. Trinta e dois casos, contando com aquele que inaugurou a pasta, o da mulher que foi impedida de se jogar da janela. Ela estava apenas limpando os vidros, disse ao jornalista, mas o bilhete encontrado no bolso de sua calça, "Entreguem ao Carlos", reforçava a tese da vizinha que chamou o grupo de resgate.

*Este botão de emergência: se sentir alguma coisa, precisar de
alguma coisa, aperte que alguém aparece.*

Os dois na bicicleta já bem adiante no caminho de terra,
sem tempo de eu perguntar se haveria mesmo um açude por
perto. Buzinam para mim, se despedem acenando antes de
entrarem pela porteira da Casa de Consolação e sumirem pelo
caminho de árvores. Fico para trás com os sapatos do Banco,
parando a contagem de cinquenta em cinquenta para ajeitar
os dedos no couro duro.

•

Consigo dizer que era um tipo de buzina diferente. Das que
armam quando se engata a marcha a ré, aviso para quem está
atrás sair do caminho.

Começou a tocar bem alto, em frente ao prédio. Na caçamba, um bicicletário. Doze bicicletas, contei da janela. Cinco
homens, alguns cones de cor laranja. Pisca-alerta, dois deles
manejando o trânsito dos carros com sinais de pare e siga, até
que o motorista do caminhão encaixasse a vaga. Cones na área
de trabalho, meia pista da rua só para o serviço.

Durou uma tarde. Quando a luz do poste acendeu, suporte
das bicicletas fixado sobre a calçada. Fita de isolamento protegendo o trabalho, avisando, "Cimento fresco", antes de o
caminhão partir.

Na pressa, restou um cone. Acompanhei da janela, foram
retirando um a um, guardando no caminhão. No canto esquerdo, um único esquecido.

Larguei os chinelos na sala para não tropeçar, desci pelas escadas de dois em dois degraus. Peguei o cone. Voltei ao prédio pela portaria de serviço, evitar o Rai da noite. O senhor tá descalço?, ele perguntou, Isso aí é um cone? Se eu queria que ele guardasse o objeto na portaria. Não precisava. Eu iria guardar lá em cima, depois devolvia para a prefeitura.

O cone fazendo distância na ponta da cômoda, onde ela sempre esbarrava o cotovelo quando fazia a curva. Andava de embalo, errava o ângulo. Esfregava rápido a pele tentando evitar o roxo, não conseguindo evitar o roxo que logo aparecia.

Interfonei para o Rai da noite depois de achar a melhor posição para o objeto na esquina do móvel. Pedi a ele que não comentasse com ninguém. "O senhor pode deixar, só tive que falar com o vendedor de laranja porque ele viu e me perguntou. Mas ele fala nada não, tranquilo que ninguém abre o bico. Amanhã o senhor compra laranja para fazer o agrado, sabe como?"

Ela gostou. Perguntou do que se tratava, expliquei que eles tinham esquecido lá embaixo, que ia guardar ali por um tempo, depois devolvia. Ela me abraçou a barriga, cheiro da colônia de laranja de agradecimento.

Se precisar de mais caixas vazias me fala, ela ofereceu. Vou dar um pulo na piscina, quer ir?

Não se preocupe em respirar, o tubo faz isso por você: é automático.

"Inauguração da piscina municipal amanhã, nove horas, com a presença do prefeito." O carro de som passou de tarde dando o aviso. Ela disse que iria com certeza, que queria ser a primeira a entrar na água. Você não sabe nadar. Eu fico no raso. Vai ter uma penca de gente. Não tem problema, eu serei a primeira.

Acordou cedo, vestiu o maiô estampado, presente das tias, roupão, galocha, touca de cabelo, óculos de natação sobre a testa. Vi pelas fotos. "Serei a primeira", dizia o bilhete na cozinha. Abri o site da prefeitura assim que cheguei ao Banco, Fotos da Inauguração da Piscina Municipal, ela a primeira da fila, a primeira a pular na água e, por isso, fotos com o prefeito, com o responsável pela manutenção, e também segurando no colo a primeira criança a entrar na água, ela e a criança, as duas primeiras.

Foi na criança que ela botou a culpa quando a água ficou azul-marinho. Xixi em contato com reagente especial, "Esta piscina tem controle instantâneo de qualidade da água", foram os dizeres colocados na placa que evitaria futuros constrangimentos como o da inauguração. Diante da imensa mancha na água, o prefeito pediu que os fotógrafos reparassem na bela estrutura metálica do teto.

Passou a ir à piscina dia sim, dia não. Variando chinelo de borracha, tamanco de borracha, galocha. Tomava o ônibus na rua de trás, quinze minutos, bolsa no guarda-volumes, toalha na beirada da piscina que de noite acendia luzes dentro da água, por isso horário preferido dela. "Nadar na água acesa é muito raro."

Não era exatamente nadar o que ela fazia, mas boiar no raso, afundar no raso até tocar no piso, fazer círculos no raso com os braços estendidos. Tudo isso com dois dedos apertando o nariz antes de afundar a cabeça.

Quer aprender a nadar, alguém perguntou a ela. Inspire pelo nariz e, quando afundar, expire somente pela boca.

O que está acontecendo agora: doutor demonstrando aos residentes como retirar o tubo da garganta. Estão acompanhando? Primeiro erguemos o queixo desse jeito. Depois giramos delicadamente o tubo para descolar a mucosa. Então, puxamos com firmeza no três, preparados? Um, dois, três.

Todos já haviam pulado. Na água gelada, os amigos com os braços para cima acenavam para que ela saltasse no três. Não acho uma boa ideia, eu disse, você não sabe nadar.

Eles me seguram.

Os amigos se demoravam na contagem alongando os números, ela sentada no topo da pedra, abraçada aos joelhos. Lábios tremendo, olhava para mim lá embaixo à margem do lago. Levantei o braço, Não salta, por favor, volta. Ela parou de tremer os lábios de repente, fez um movimento brusco e largou os joelhos, deslizando pedra abaixo. Emergiu no lago depois de muitos segundos, tossindo e cuspindo água, puxada com força para a superfície pelo amigo preferido. Os dois rindo da aventura, rindo do meu susto, rindo de medo.

O que você quer, água? Você não pode beber ainda, mas pode chupar um algodão molhado. Consegue?

•

Alcanço a porteira da Casa de Consolação. Tiro os sapatos do Banco, bato no chão para expulsar as pedrinhas do calcanhar. Bolhas cheias de líquido sobre os dedos menores. Toco a pele finíssima, prestes a estourar, conto até trinta. Ouço alguém chamando. Olho em volta, olho para o caminho de entrada da casa. Conto até trinta mais uma vez, assoprando o ardido das bolhas.

Alguém chamando de novo, mais alto, mais perto.

Atrás de mim, rente ao arame farpado do terreno. Velho de camisa azul, calça comprida, acenando com um chapéu na mão.

5.

Eu daria para ele setenta anos. Caminhava com firmeza, mesmo com a dobra forte da coluna para a direita. Devia ter nascido assim, torto, mas desenvolto. Sabia manobrar o corpo, entrar de lado no elevador, subir de lado as escadas. O olho erguido para ver os outros, não o rosto dos outros porque o ângulo não dava, mas o peito. Quando me mudei ele já estava lá, no sexto andar.

Não sabia que sua janela também dava para a rua, como a minha. Descobri na tarde em que ele caiu de lá, fachada abaixo. Nossos encontros, breves, apenas frases de cumprimento. Até que esperamos juntos pelo elevador no térreo, enquanto o Rai da manhã subia pelas escadas para fechar a porta entreaberta no décimo quarto.

Tudo pela falta de um empurrãozinho, ele me disse, olhando na altura do meu peito. "Se quem saiu no décimo quarto tivesse atentado para um empurrãozinho na porta, não estaríamos aqui esperando." Ele se apresentou, estendeu a mão, trocamos um cumprimento longo porque ele não abria os dedos. Assim eu consigo te ver, ele sorriu, pedindo que eu dobrasse os joelhos para deixar meu rosto à altura dos seus olhos.

O senhor gosta de café coado?, seria a minha pergunta, a que não fiz porque o elevador chegou ao térreo. Abri a porta para que ele entrasse, o corpo a passos lentos, de lado. Até o sexto: era professor aposentado da universidade, departamento de história, teve uma esposa, mas não agora. Agora só.

Deixe que eu seguro a porta para o senhor sair. Obrigado, rapaz. O senhor cuidado aí com o vão no piso. Obrigado, é um pulinho de nada.

Foram poucos dias. Com o copo de leite nas mãos, meias ainda úmidas de fim de expediente, ouvi o estampido e corri para a janela. Lá embaixo, o corpo do velho amassando parte do bicicletário. Cabeça e pés no mesmo eixo. Na queda, desvio para a direita resolvido. Escolheu camisa azul, calça comprida.

É normal que você fique confusa. Não se preocupe com isso agora.

A diferença era o chapéu, o passo manco. E a pele também, marrom, com um sinal do lado esquerdo do rosto. O velho abre a porteira da Casa de Consolação, me pede a mão como apoio para pular as ripas do mata-burro.

"Obrigado, garoto, vamos andando."

Ele apoia a mão no meu ombro, me empurra de leve sugerindo um ritmo para a caminhada.

Ventilação autônoma. Podemos escrever assim ou dizer que, enquanto isso, ela começa a respirar sem aparelhos.

"Vamos, que não quero te atrasar, garoto. Você chegou em boa hora, semana passada tivemos muita chuva, muita lama, a estrada estava terrível, chegamos a ficar três dias sem sair da Casa, sorte o farnel de emergência montado, batatas a mais, carne-seca que chega, lenha, óleo, mas foi por pouco, porque só liberou a estrada no dia em que comemos o último pedaço da carne, mais um dia e já teríamos que encarar a lama para não ficar sem comida, agora você imagina, gente da minha idade andando nesse chão melado, ia levar dois dias para ir e voltar, cuidado aí garoto com esse pedaço seco de lama, que por baixo ainda molhado, tombo certo."

No prontuário. Avaliação clínica, fala e escuta temporariamente comprometidas. Ausência de dano cerebral. Fonoaudiologia conduzida no leito.

"Estou sem o aparelho do ouvido, por isso se quiser que te escute faça um gesto para eu te ler os lábios, preciso aproveitar a oportunidade da conversa já que com velhos como eu, surdos como eu, e ainda por cima sem alguns dentes como eu, ninguém encomenda assunto. Aposto que vai ao mercadinho, certo?, logo imaginei, chegou há pouco, desprevenido, esquecido?, vai providenciar as velas para não se preocupar com o escuro — e faz bem. Vamos conversando nós dois, garoto, te faço companhia e aproveito para indicar o caminho de volta, assim não deixo você se perder em meio aos detalhes. Entendido?"

Moça da fono. Vamos usar estas folhas de papel para treinar. Eu escrevo, você lê. Acenos de cabeça para confirmar ou negar, ok? Está entendendo a minha letra? Gostaria que você me dissesse se é esta aqui a letra do seu nome. M. Reconhece?

Quer ir comigo amanhã conhecer o quarto e sala?, deixei o bilhete para ela na mesa das linhas. Me ligou quando chegou em casa, Não entendi a sua letra, conhecer o quê? Amanhã? Mas, amanhã é sábado, dia dos turistas na feira, os que compram sem pedir desconto. Não posso perder. Mas, espera, o Diretor deu o ok?

Eu disse que não. Que só estava me organizando, precisava comprar algumas coisas, nada demais, só o essencial. Para não ter correria, entende?

"Festival do peixe beta", dizia a faixa com letras azuis na pracinha perto do quarto e sala.

Barracas desmontadas, vendedores recolhendo dúzias de saquinhos com água turva e peixes minúsculos. Pena que você chegou tarde, mais cedo tinha opção dos peixes grandes, esse aí que você gostou está com as barbatanas apodrecendo, mas se pingar todo dia duas gotinhas disso aqui na água ele fica bom. E tem que trocar a água toda semana, não esquece senão ele morre. Vai querer assim mesmo?

E essa mesa de plástico, quer me vender também?

Qual, essa branca? Ela está rachada.

Por mim não tem problema.

Você quem sabe, dez pratas leva.

Hoje vamos ter violão. Gosta de violão? Cada paciente pede uma música.

"Cuidado aí que você tropeça, garoto, venha por este lado, posso estar surdo, mas vejo tudo, às vezes basta ver para ouvir porque a vista compensa o ouvido entupido de carne, é por isso que uso o aparelho, porque cresceu uma carne dentro do ouvido, não adianta arrancar que ela volta, me disse o especialista. Veja só isso aqui no chão garoto, este animal comido, deixa apanhar uma vara para lhe mostrar, aqui estão os intestinos, são os preferidos dos urubus, por isso mordiscadinhos, devia estar voando, imaginemos assim, e enfartou em plena descida, ou deu com a cabeça em um obstáculo, ou apenas morreu porque morreu, repare nos olhos bem fechados e no bico íntegro — é um belo morto, não é?, já apodrece, deve estar aqui desde ontem ou anteontem, devíamos sepultá-lo, aquela pedra ali, apanhe a pedra, vamos com cuidado para não vazar a tripa, um pouco mais de lado, assim mesmo, algumas folhas por cima, agora a pedra finalizando, está perfeito, deixe aqui um buraquinho para que entre ar na sepultura, não precisamos sufocar o morto."

Agora é a sua vez de pedir a música. Consegue escrever aqui o que quer ouvir?
r e c o n v e x o
Ih, essa ninguém sabe tocar! Pode ser Pais e Filhos?

A corretora abriu para mim a porta do quarto e sala, me mostrou os cômodos, o registro de água, o aquecedor do chuveiro. Tudo funciona, ela disse, só precisa de pintura já que o antigo morador ficou aqui por muitos anos, quase vinte, só saiu porque as filhas insistiram que o asilo seria mais seguro para ele. Você trouxe o contrato?

Ela checou minha assinatura nas cópias dos documentos. Entrei com a mesa de plástico, coloquei o saquinho com o peixe betta sobre ela. Recomendo a troca das chaves assim que vocês trouxerem alguma coisa de valor, a corretora sugeriu. E já respondi à sua mulher por email, não precisa trazer cortinas porque aqui não bate sol e a janela voltada para o vão central garante a privacidade. Me avise quando ela vier, posso mostrar a região, a rua do mercado, a farmácia. O senhor está me ouvindo?

Essa é a letra inicial do nome das tias, letra E, consegue dizer a letra E? Isso mesmo, mas abaixe a língua, diga sem esticar os lábios. Muito bem.

"O que dizer sobre mim?, você sabe, garoto, sempre há um modo mais interessante de começar a dizer as coisas, como quando eu ainda trabalhava e meus pacientes chegavam narrando suas enfermidades pelo local em que estavam na hora dos sintomas, pelo que vestiam, com o que se preocupavam no momento exato em que a fisgada foi sentida, ou em que o tombo aconteceu — todos eles começavam mais ou menos do mesmo jeito. Me diziam, *doutor, eu estava atravessando a rua quando começou a chover, então eu corri, mas não olhei direito quando veio a moto e me derrubou,* ou, *doutor, eu estava não sei onde quando me desequilibrei e caí sobre a janela espatifando o vidro que cravou em minha mão,* ou até mesmo, *doutor, eu estava distraído com a televisão beliscando na pele uma casquinha quando esse buraco apareceu e desde então o pus.* Portanto, garoto, eu já sabia que era assim que falavam os doentes, antes de tudo escolhiam um lugar, um território de origem para as suas dores — e eu te pergunto, isso não é curioso?, muito curioso, como os lugares, e não apenas eles, mas também os detalhes são importantes para contar a história de uma dorzinha, e digo assim, no diminutivo, porque essas eram a minha especialidade, não as grandes dores, crônicas, mas sim as pequeníssimas e agudas — essa era a minha tarefa na divisão de cargos com os outros médicos: lidar com as feridas amarelas, inflamadas, infeccionadas. Eu era bom nisso."

Quer escrever algo aqui?
CONFUSA
É assim mesmo, não se preocupe, são os remédios e o tempo fora do ar e a hemorragia e a anemia e a hipotermia e a clausura e a falta de janelas, de oxigenação, e ainda a falta do órgão, a pele costurada e a pele retorcida, é assim mesmo, as memórias podem se confundir, está confundindo as memórias?, sem saber o que veio antes e o que veio depois?, sem saber quem diz o quê?

"Naquela tarde, garoto, eu estava terminando o plantão de dezoito horas seguidas, havia acabado de almoçar, então sentia um pouco de gases e também um pouco de sono, uma combinação que me fez intuir que algo estava para acontecer, algo definitivo estava para acontecer e aconteceu."

"Uma senhora-paciente entrou no consultório com o guarda-chuva aberto, era vermelho e no cabo tinha uma rosa moldada em plástico, ela entrou virando de lado a sombrinha para passar pela porta, estava mais para sombrinha do que para guarda-chuva, sentou-se à minha frente acompanhada pela irmã, esta por sua vez sem sombrinha, encarregada de acompanhar a senhora-paciente para retirar uma agulha enfiada embaixo da unha. Era o seu polegar esquerdo tremelicando levemente para suportar o sangue que se acumulava entre carne e unha, tremelicando para suportar o pus. Avaliei à distância, mas sentia necessidade de olhar mais de perto, e por isso ofereci de fechar a sombrinha, mas a senhora-paciente disse que não, e continuou segurando com os dedos sem agulha a rosa moldada, continuou protegendo a cabeça da luz fluorescente do consultório, enquanto a irmã-acompanhante explicou, Doutor, ela estava na sala bordando quando tomou um susto sabe-se lá com o quê e cravou a agulha embaixo da unha. Isso aconteceu anteontem?, ela se perguntou, e a senhora-paciente corrigiu que não, que antes de antes de ontem — Isso mesmo, a irmã-acompanhante confirmou."

O que estão fazendo agora: considerando a possibilidade de fazer um implante de pele na mão queimada. Pele dela mesma, ou de porco, ou de tilápia. A definir.

"Pois bem, garoto, deitei a paciente na maca posicionando sua mão avariada sobre a própria barriga e pedi que a irmã-acompanhante segurasse com força o dedo com a agulha. A paciente escutava tudo o que eu dizia, agarrou firme na rosa de plástico deixando a sombrinha aberta sobre a cara para evitar a luz fluorescente. Estão prontas?, perguntei, e então com a ajuda do melhor alicate segurei pela ponta a agulha que estava embaixo da unha, pedindo que elas me acompanhassem na contagem do *um, dois, três*, e assim elas fizeram, porém, seguindo minha intuição puxei a agulha no *dois*, de supetão, e não no *três*: apesar do grande susto e do pequeno grito, a senhora-paciente suspirou de alívio."

"Foi então que aproveitei o buraco para espremer o dedo da paciente e extrair o amarelo, e no mesmo buraco introduzir a seringa com soro de limpeza, e ainda outra seringa com antibiótico — procedimento-padrão, garoto, finalizado com curativo: pomada, gaze, esparadrapo."

"Elogiei a imensa coragem da paciente dizendo quem me dera que todos os enfermos tivessem a bravura que a senhora tem, carimbei o papel do atendimento e pedi que voltassem em quatro dias para a revisão. A senhora-paciente à porta, ainda eufórica com a recente libertação da agulha, deu falta da sombrinha de estimação, Onde está, onde está, ela repetia nervosamente, sem notar que o objeto estava bem em cima da sua cabeça, como a irmã-acompanhante bem apontou. A senhora-paciente suspirou tranquila pela segunda vez."

O que estão fazendo agora: ensinando a ela como engolir o mingau. Seria muito ruim se ela se engasgasse, não seria? O que acontece quando o mingau vai parar nos pulmões?

Como tinha sido a ida ao quarto e sala, ela queria saber.

Me abraçou pela barriga, sentiu no meu pescoço o cheiro do intermunicipal. Disse que só não tomava um banho comigo porque tinha que começar logo a encomenda, um passador vermelho para o saguão de entrada do edifício Casablanca. Ela, animada, dizia que não tinha pensado em passadores. Fez uma conta doida, o número de prédios da cidade vezes dez por cento. Se dez por cento encomendassem passador eu ficaria rica, ela disse.

Eles querem antiderrapante, me ajuda a descobrir como se faz?

O quê?

Para não derrapar.

Na sala, móveis afastados para começar a produção, três metros e meio no total.

Se você quiser demonstrar alguma emoção, pode escrever, ok?
CONTENTE

"A senhora-paciente e a irmã-acompanhante voltaram na data marcada, garoto, trazendo o dedo da senhora-paciente já seco e sem infecção, tudo certo, carimbei a alta, demos apertos de mão e dissemos até logo, mas elas pararam à porta, Esqueceram-se de algo?, arriaram com cuidado a bolsa de feira, cada irmã sustentando uma das alças — o peso não parecia problema, mas sim a inexplicável agitação que vinha de dentro. Tiraram de lá um jaleco que a senhora-paciente havia bordado à mão, É um presente, a irmã-acompanhante disse, e eu fiquei encabulado, abri a embalagem dizendo que não precisava, vesti o jaleco que de fato caía muito bem, agradeci duas vezes, sorrindo e tudo, mas elas permaneceram paradas à porta, a bolsa da feira ainda agitada, abriram as alças novamente e tiraram de lá um leitão vivo, me estenderam o bicho, e, apesar de rosado e sem fedor aparente, avisei que não tinha onde criá-lo, tampouco onde abatê-lo, e elas disseram que não era para comer, que o bicho precisava de ajuda, probleminha de pele, Olha só, doutor, a irmã-acompanhante deitou o animal no colo para expor a barriga rósea."

"Ela queria que eu avaliasse de perto, e eu hesitei, garoto. Poderia ser preso — era a única coisa que eu pensava, mas elas lacrimejaram de amor pelo animal e então resolvi ser ligeiro, encostei o ouvido à porta fechada para ver se alguém havia escutado o ronco do leitão, ouvi sapatos de salto do lado de fora, longe e depois perto, alguém parando diante da porta fechada, talvez colando o ouvido e desconfiando de um ronco de leitão. Apertem o focinho, pedi às irmãs. Eu sabia que o salto só podia ser da enfermeira do cabelo acaju, e por isso tivemos que esperar os sapatos voltarem a fazer barulho longe no corredor, antes de eu deitar o bicho na maca para poder diagnosticar o cobreiro, era isso, um cobreiro, e logo avisei a ambas, senhora-paciente e irmã-acompanhante, que a solução seria uma raspagem, que só assim morreriam as larvas subcutâneas, elas suspiraram de pena do animal e perguntaram se eu poderia anestesiá-lo. No consultório era impossível realizar aquilo, esclareci, mas elas lacrimejaram."

"Ele é um humano como nós, foi o que disse a senhora-paciente."

"Posso ser preso — era o que eu pensava todo o tempo, quando a irmã-acompanhante disse, Já sei!, e tirou da bolsa um pano de chão para vedar a base da porta, seguindo até a janela para fechar as cortinas, Pronto!, ela disse, estávamos protegidos para agir livremente, digo, para acudir o pobre animal sem que ninguém de fora percebesse nada."

Quer escrever algo hoje?
DIA?
Hoje é dia quatro.

"Já lhe digo que horas são, garoto, deixe ver se enxergo este relógio, está mais para lá do que para cá, gosto dele como adorno velho, veja só isso, já não se lê nada dos números, mas não há problema, te digo as horas pelo céu, deixa ver, considerando a luminosidade, garantido que passa das quatro, viemos em ótimo passo, não viemos? viemos sim, logo adiante já avistaremos o primeiro telhado da vila, mais um pouco e chegamos ao destino, o quê?, seu pé?, claro, sente-se aqui neste toco. O problema é o couro do seu sapato, esse tipo não amaciado que o garoto usa, melhor seria a botina, não tem?, ou um par de tênis, ao menos meia grossa, já sei, tome aqui as minhas meias, deixe disso!, aceite sem rodeios, apenas perdoe por elas estarem suadas."

A partir de hoje: sentada duas horas durante a manhã, duas horas durante a tarde. Para quê? Para reaprender o peso do tronco.

Cobram o frete por peso. Ela pegou o panfleto para mim na cooperativa, kombi frete de confiança. Pode encher a kombi ou não encher, o que importa é o peso. Mas como vou saber quanto pesa?, perguntei por telefone, "Dúvidas fale com o Alemão". Quantas caixas você vai levar? Duas, três. E malas? Uma. Não, nenhum móvel. Nem cadeira. Tenho certeza, sim, só as caixas e a mala. Alemão ia ver, me falava depois.

Por que você não vai levando as coisas aos poucos?, ela sugeriu. Cada semana leva uma parte, economiza no frete e compra um colchão.

Consegue abraçar o travesseiro? Assim, força nos braços, mais força. Muito bem. Não se preocupe com o tremor. Com o tempo os músculos se lembram de como fazer para segurar, sustentar, não deixar cair.

"Você gosta mesmo de contar os passos, não é, garoto?, pois bem, mais uns quatrocentos e chegamos ao mercadinho. Voltando ao caso do leitão, o fato é que fizemos amizade, eu, a senhora-paciente e a irmã-acompanhante, o bicho se recuperou muito bem da anestesia, e também da raspagem, e então as irmãs, muito satisfeitas, me convidaram para a comida de domingo, eu titubeei, garoto, adequado seria não aceitar, mas tinha fome todo domingo e por isso fui."

"Havia na casa outras duas moradoras — eram quatro irmãs no total, e ainda diversas comidas fritas, asa de frango, batatas, bolinhos de arroz. Elas me ofereceram a melhor cadeira de que dispunham, um suco fresco, disseram que era o mínimo que podiam fazer depois de eu ter tratado do leitão, fiquei contente por elas, contente pelo bicho, contente pelo cheiro extasiante de fritura. Fato é que não tardou que três das irmãs se entreolhassem e dissessem que não podiam ficar para o almoço, que tinham que levar o leitão para tomar sol. Ficamos eu e a irmã-acompanhante, ficamos sozinhos com o cheiro do óleo, sozinhos com uma quantidade inestimável de bolinhos fritos, com a TV quebrada e a falta de assunto depois de mencionarmos, claro, o calor, o céu encoberto e a previsão de chuva. Ela iria fechar as cortinas, me disse, para que ficássemos mais livres, quer dizer, para que comêssemos à vontade, e foi até a janela, deu uma olhada para a direita, depois para a esquerda constatando a rua vazia, fechou os panos concluindo por nós dois que, agora sim, poderíamos comer, e já que era domingo e que estávamos ali, comemos."

O que você está querendo descobrir? Tente por escrito para a gente entender melhor?
CADÊ O GATO

Tabela colada na porta da geladeira: livros, camisas, calças, lençol e cobertor, tudo separado em quatro pacotes carregáveis no ônibus, cota-padrão de passageiro. Deixa que te ajudo a organizar, ela ofereceu. Comprou plásticos de embalagem a vácuo, punha o aspirador de pó na abertura especial, tudo se encolhia ali dentro. Numerou os volumes, pacote um devendo ir primeiro, pacote quatro devendo ir por último. Tudo combinado.

Te conto algo novo. A enfermeira do violão deu o ok para os amigos entrarem com o Tito escondido dentro de um casaco. Ela vai distrair a recepcionista e o segurança e o enfermeiro-chefe. Cinco minutos, no máximo. Condição: que ele não mie.

Então você termina de levar os pacotes daqui a quatro sábados, certo?, ela me perguntou, acompanhando a tabela na porta da geladeira. Acho que sim, respondi. Armei nos dedos a cama de gato para ela tirar.

E depois disso, o que fazemos?

A moça da fono: Você está segurando a colher muito bem. Sentada deve engasgar menos, não é? Chega de sustos, mocinha.

"Já sabe o que precisa apanhar na vila, garoto?, batata-doce e o que mais?, velas, sim, há velas de todo tipo no mercadinho — recomendo a de sete dias, questão de aproveitamento, e se houver opção colorida escolha a vela de sete dias verde, quer saber por quê?, bem, porque ela se mistura com a mata e não desconcerta os animais, deixe lhe mostrar, venha, cortamos caminho por aqui, pode confiar que conheço bem a trilha, conheço os bichos e os barulhos que eles fazem para se locomover e os barulhos que eles fazem para se alimentar — já percebeu o ruído que emitem quando quebram uma casca com os dentes?, ou o rumor da saliva se espalhando pela boca quando vislumbram uma presa?, ou ainda o barulho de moedor na garganta quando estão se comunicando com os mortos?"

"Entender os barulhos da boca, tanto os que entram por ela quanto os que saem dela: uma vez que se aprende isso, e quanto mais jovem melhor, atravessa-se bem qualquer território, trilha, picada, labirinto, túnel, pântano, atravessa-se qualquer humano ou bicho, afinal humanos e bichos não diferem em ter uma boca, uma garganta, e fome também, todos nós temos em comum a fome, verdade? Pronto, agora que estamos embrenhados posso lhe mostrar o funcionamento da vela verde — aqui está, sempre trago uma no bolso, me empreste seu fósforo e afaste-se um pouco pois é comum haver uma pequena explosão. Não está conseguindo enxergar a vela, garoto?, mas a luz sim tenho certeza de que enxerga, é isso mesmo, é exatamente assim que funciona. Vamos andando que agora o caminho está mais claro do que nunca."

O doutor disse que amanhã você vai para o quarto. Não é uma boa notícia?
NOTÍCIA
Sua letra está melhor do que a minha!

"Venha o quanto antes. Ass.: Diretor."

"Recebi o telegrama na casa da irmã-acompanhante, logo depois de receber a mensagem da enfermeira acaju avisando: Negue tudo. Eu estava hospedado com as irmãs por uns dias, e elas pareciam agradadas com a minha presença, pois nunca abriam as cortinas — que ficássemos à vontade. Aceitei a estadia por um tempo devido aos rumores no corredor do hospital, rumores que tratavam da entrada de um leitão enfermo, e o pior, do atendimento de um leitão enfermo por um dos médicos, e o pior, o leitão enfermo teria se deitado na maca e depois saído pela porta principal no colo de uma mulher, encoberto apenas por um jaleco com nome bordado, e assim, pelo bordado, o Diretor teria sabido de tudo, tudo?, apenas rumores, e a questão agora era saber como o telegrama e a mensagem haviam chegado até a casa das irmãs, como o Diretor e a enfermeira acaju poderiam saber de minha localização se as cortinas sempre fechadas? Vou ser preso — foi o que pensei, mas não fui, vou ser demitido — pensei também, e fui. Na minha carteira de trabalho não anotaram o leitão enfermo, mas com a letra do Diretor anotaram: *fatos psiquiátricos*, acharam isso o melhor a se fazer, e eu não discordei pensando na alternativa, a polícia, o inquérito, o jornal da vila dando conta de mim como *o médico gago*, dando conta da minha identificação com esta alcunha medonha junto à reportagem sobre o leitão."

Carta da enfermeira. Título: Confidencial. "Se perguntarem sobre a entrada do animal, diga que jamais."

No segundo sábado da tabela na porta da geladeira, separei para o quarto e sala a lata de tinta que sobrou do reparo no banheiro. Sentada no corredor de casa, ela chegava ao meio metro de tapete vermelho, tapete encomenda. Sugeriu que eu desse várias mãos de tinta na parede, uma camada em cima da outra, não apenas para cobrir o mofo, mas especialmente por causa das marcas de cerdas, para que ficassem imperceptíveis os rastros do pincel.

E volte a tempo do almoço de domingo, ela disse, as tias estão vindo e vai ter sobremesa nova.

JAMAIS
Precisamos que você diga a verdade, pela segurança sanitária do hospital.
JAMAIS
Tem certeza?

"Sim, tenho certeza, como não ter, garoto?, vou mesmo perder o dente, não há o que fazer, veja só os sinais neste algodão que uso para tampar o abscesso. Começou a ficar purulento há algumas semanas, por isso uso o algodão, para me servir de sinal de avanço da parte inflamada. Dobro o chumaço bem dobrado, enfio no buraco do dente pela manhã, e quando é de noite bochecho água oxigenada — espere um momento que cuspo a saliva, veja, essa roda amarela no algodão é o sinal do pus, e também o cheiro forte, me desculpe, deixe falar um pouco mais distante, garoto, assim não lhe dá ânsia."

Creme de pavê.

Ela pediu as taças emprestadas ao amigo preferido, separou o creme em porções, pôs na geladeira. Até as tias chegarem o creme endurece, ela disse. Não se esqueça dos pêssegos em calda, me pediu, entregando a listinha para o mercado.

"Muito bom esse creme garota", a tia doida na quarta taça. A tia limpando a boca da tia doida e os dedos da tia doida. Agora chega ou desarranja a barriga, a tia mandou.

"É por isso, garoto, que se forma essa espuminha no canto da minha boca, coisa de velho com salivação aumentada por causa do abscesso, não repare, vou tentar engolir mais vezes ou cuspir mais vezes para não se acumular. Cuidado com esta raiz aqui, levante o pé ou você se engancha, confie em mim, está correto o caminho, é por aqui mesmo, conheço esta trilha de parte a parte pelas árvores, elas parecem todas iguais, mas não são, cada tronco se retorce à sua maneira, cada folhagem se manifesta com particularidade, percebo as comunicações mesmo com a luz de apenas uma vela, confie em mim, pode não parecer, mas estamos no caminho certo, certíssimo."

No quarto do hospital, as tias chegaram. Significa que ela não vai mais ficar sozinha no corredor ou na rua ou na sala ou na cama ou no elevador, nem mesmo na cadeira higiênica ela vai ficar sozinha. Fique tranquilo com essa parte.

"O Diretor com palavras fortes para mim, garoto, Suma daqui, ele disse, e eu nunca fui de desobedecer ao Diretor, então sumi e só voltei meses depois quando a irmã-acompanhante disse que estaria no portão, e as irmãs todas usavam batom caqui e perguntavam por onde eu andava. Escondi a anotação na carteira de trabalho, rasurei o "suma daqui", por acaso elas não tinham ouvido rumores?, não tinham ouvido nada?, Jamais, elas disseram, e logo voltaram às frituras para me agradar. É claro que não tardou que eu ganhasse barriga, eu e a irmã-acompanhante, que também ganhou barriga, além de um inchaço repentino nas pernas. Recomendei a ela que repousasse todos os dias após o almoço, e ela fez isso, porém queria repousar no meu quarto, o que não convinha, pois como médico eu sabia dos riscos desse tipo de procedimento durante um mês inteiro, imagine, ela jogando as pernas inchadas sobre mim, risco!, mas ela me tranquilizava, quer dizer, mais ou menos me tranquilizava dizendo que já era tarde para a preocupação porque a barriga cresceria mais e mais, e como pode isso?, perguntei, e ela disse que como médico eu deveria saber *como*, e elas, as irmãs, trocaram a cortina de voal por uma de brim azul, Mais privacidade para as barrigas, assim elas disseram, e a irmã mais velha anunciou, foi durante o almoço que anunciou que estava tudo resolvido, tudo o quê?, eu perguntei, e ela disse: Lá no necrotério, te arranjei um emprego."

Moça da fono ensinando as tias a usarem as folhas de papel.
Frases curtas para não cansá-la, ok, tias?
Te trouxe uma flor que não morre, garota. Bordada. Assinado,
E.L.
CONTENTE

"A irmã mais velha sugeriu que eu escovasse os dentes, escovei, sugeriu que vestisse a camisa listrada, presente da irmã-acompanhante, vesti, e me avisou, ou melhor, me instruiu: Não diga nada, deixe que eu diga tudo. E assim fiz. Segui em silêncio a irmã mais velha que usava nos lábios batom caqui. Ela me apresentou para o Diretor do necrotério, e para o Contador do necrotério, e para a Assistente — ela também de batom, e garantiu que, apesar de eu ter mais experiência com vivos, logo me adaptaria à intuição dos mortos. Neste mesmo dia já conheci algumas defuntas, Venha comigo que lhe mostro, a irmã me disse, e abriu as duas gavetas frigoríficas, Esta aqui foi ontem, e esta chegou agorinha de manhã, e para minha surpresa, garoto, ambas usavam o mesmo batom: lábios mortos alaranjados. E cadê os homens?, perguntei. A gente separa cadáver homem de cadáver mulher, ela disse, para não confundir os corpos e acabar desperdiçando batom em quem não deve. Já havia acontecido, e o Diretor não tinha gostado nada."

"O valioso batom — assim a irmã mais velha me relatou. Havia escrito uma carta para a empresa de cosméticos, carta que mencionava as defuntas e a maquiagem das defuntas, assinado: 'Maquiadora do necrotério.' Recebeu pelo correio uma caixa de batons caqui, amostra grátis, e por isso todas as defuntas com os lábios iguais desde então, com sobra de amostra também para a Assistente e para cada uma das quatro irmãs, bocas em tonalidade caqui grátis."

Quer perguntar alguma coisa para as tias?
JORNADA COMEÇA QUANDO?

"Tudo sobre o seu novo desafio", dizia a capa do fichário que o Diretor entregou junto com o ok para a abertura da nova agência. Nas páginas, como conduzir uma nova agência bancária, como recrutar, como divulgar. "Sua jornada começa hoje", era a frase de abertura que trazia o cronograma validado pelo Diretor. Ela pediu para ver o fichário, folheou as etapas previstas, comparou o cronograma com a tabela na porta da geladeira: uma semana a menos do que o previsto.

Podemos dizer ao Diretor que não era esse combinado?, que ainda precisamos de dois sábados para ver como ficam as coisas?, duas perguntas que ela fez.

Não é assim que funciona. Apontei o cronograma desenhado, dia quatro com a palavra *início*, caixa-alta. Ela devolveu o fichário para o meu colo, pulou o metro e meio de tapete vermelho, tapete encomenda esticado no chão. Foi até a cozinha, pôs para esquentar meio litro de óleo.

"Devagar, garoto, que já não sou um rapazinho e essa tosse deixa faltar o fôlego. Vamos sentar um pouco aqui nesta pedra, você também, descanse, sente-se aqui ao meu lado e segure a vela enquanto aproveito para limpar as unhas com o canivete, está vendo o sebo preto?, vou colar aqui na minha calça os dez pontinhos de sebo para ter certeza de que não me esqueço de nenhum dos dedos."

"Eu te dizia, garoto, logo depois das apresentações a minha função no necrotério ficou sendo a cola, sim, a cola nos lábios e nos olhos que chegavam por ali abertos demais para um velório bonito. Primeiro vestiam nele ou nela a fralda que ampara os líquidos, depois ajeitavam a roupa dele ou dela conforme a preferência da família, e depois era comigo, erguer as pálpebras, pingar a cola e ajeitar a pele com cuidado para que o olho não ficasse torto — porque os parentes reclamam se o morto, ele ou ela parecer sofrido além da conta, foi o que o Diretor disse. Ele me contratou justamente porque no treinamento com os olhos de boi, cabeças arranjadas no abatedouro, eu mostrei agilidade com os dedos."

"Já no caso dos lábios precisei que me ensinassem com mais detalhe, porque os defuntos velhos chegam sem a dentadura, e isso deixa um aspecto ruim para a despedida. Por isso enche-se de algodão a boca do morto, preenchendo todo o vazio desde a língua até o céu com um tufo grande o suficiente para que o volume intrabucal pareça normalizado. Só então põe-se a cola na ponta dos lábios, segurando o superior junto ao inferior até que todo o algodão fique invisível lá dentro — isso sim é mais complicado, garoto. Levei três ou quatro mortos com a boca torta até pegar a mão, mas o Diretor foi compreensivo comigo, A colagem da boca é mais difícil, ele mesmo disse, Mas você pega o jeito daqui a pouco, você pega sim — ele me incentivou."

POR QUE ESTÃO ME OLHANDO DESSE JEITO?
Precisa aparar a franja.

Um sábado a menos: se era para cumprir o cronograma do Diretor, os pacotes três e quatro precisavam agora caber em um único volume. Você devia tirar o cobertor do pacote quatro, ela disse — melhor maneira de cumprir o combinado.

Me ofereceu de levar um edredom depois, mas não precisava. Afinal, verão. Mas faço questão de levar o Tito, ela disse, porque gatos sabem ver se tem alma penada. Se tiver, ele bota para correr, ela garantiu.

Melhor não levar ele lá, pela segurança do peixe.

Peixe?

Contei sobre as barbatanas apodrecendo, confirmei quando ela supôs que eu tivesse adotado o animal, como ela adotou Tito sem um dos olhos. E se ele não melhorasse com as gotas na água?, ela queria saber.

Aí só cortando as pontas podres.

Se não tiver mais febre te damos alta depois de amanhã. Está
feliz em ir para casa?
ME ARRANJA TESOURA DOUTOR

"A essa altura a irmã-acompanhante pondo barriga conforme previsto nas contas, garoto, e a irmã-paciente junto com
as outras irmãs planejando as coisas: compraram um cesto
forrado de colchãozinho, mandaram que eu buscasse na loja
de artesania duas fitas, uma lilás e outra laranja, dei ambas de
presente para a barriga, mas logo a lilás foi para o lixo, restando
apenas a laranja — foi esta a cor que elas preferiram para a
decoração do quarto, das cortinas, das paredes, e estava tudo
realmente calmo e realmente bom, quando comecei a me
preocupar com o Diretor do necrotério insistindo para que
eu apresentasse minha carteira de trabalho, Traga a carteira,
ele pedia, alegando o desejo de me contratar de vez como O
colador oficial de bocas, mas eu não encontrava a carteira
dentro da mala em cima do armário — anotação na página
vinte, *fatos psiquiátricos*, amanhã trago sem falta, eu dizia,
e no dia seguinte o mesmo: amanhã sem falta, e o trabalho
com a cola indo cada vez melhor, defuntos saindo bonitos, com
olhos serenamente colados, bocas com um leve sorriso colado,
mas ainda assim, ainda com o contentamento de colagem dos
defuntos o Diretor queria a minha carteira."

As tias, o amigo preferido. Estão com ela aguardando o papel
da alta. Está chovendo, mas não será preciso atravessar a rua.
Nada para se preocupar.

"Quatro defuntos naquele dia, todos coladinhos com sucesso. Atrasei minha saída porque me escondi na gaveta frigorífica onde o Diretor não me acharia para cobrar a carteira. A luz do poste já acesa na frente da casa, as irmãs eufóricas me esperando no portão e gritando meu nome, Venha ver, Venha ver, entrei às pressas ouvindo um barulho de garganta, barulho abafado, pensei ser um novo leitão, o que está acontecendo?, perguntei, era a irmã-acompanhante em cima da cama, segurando sobre si uma pequeníssima pessoa, a princípio um tanto rosada a pequeníssima pessoa, mas então cada vez mais vermelha, chorando e tremelicando. A irmã mais velha me empurrou para dentro do quarto, me sentou à beirada da cama e sugeriu que eu a pegasse, que tomasse no colo a pequeníssima pessoa, e a irmã concordou, mas eu achei que não devia porque estava com dedos sujos de cola, Não tem importância, elas disseram, então parece que obedeci e peguei o corpinho tentando não deixá-lo escorregar com todo aquele sebo recém-nascido. A irmã mais velha disse que aquele era um dia muito contente, O dia mais contente de todos, e eu concordei, afinal quatro defuntos coladinhos com perfeição e nenhuma cobrança do Diretor quanto à carteira de trabalho."

"Amanhã passe no cartório antes de pôr os dedos na cola, a irmã mais velha mandou, e para isso precisei saber qual seria o nome a se colocar no papel."

MAGDALENA MAGDALENA MAGDALENA
Treine mais um pouco a letra. Amanhã, você mesma vai assinar a alta.

Na manhã de saída do último pacote para o quarto e sala: Achei que você não fosse para a feira hoje, chovendo tanto, o quê?, termina de escovar os dentes que eu não estou entendendo, isso, vou no intermunicipal das nove, saio daqui a pouco quando estiar a chuva, vamos andando juntos até o ponto?, tudo bem, se você está com pressa vá indo na frente, mas tome pelo menos o leite que esquentei para você, fique bem você também, boa sorte com as vendas de hoje, boa sorte com a encomenda, olha, depois falamos disso, ok?, depois vemos como ficam as coisas, sim, enquanto tiver filme na máquina vou mandando fotos, sim, eu só tenho um final de rolo, você sabe, mas pelo menos algumas imagens a gente ainda tem pela frente, combinado?

DOUTOR, QUERIA LEVAR CÓPIA DO PRONTUÁRIO
Claro. Mas para quê?
PRECISO SABER
Saber o quê?
O QUE ACONTECEU ENQUANTO

"A pequeníssima pessoa chorava muito, garoto, a irmã-acompanhante sacudia o corpinho dando a canção má que prometia entregar criança desobediente para o boi, e as irmãs se revezavam no colo tentando parar o choro, mas nada fazia o vermelho passar, garoto, nada, Pegue ela, a irmã mais velha me pedia, e eu preferia não pegar, Pegue ela, a irmã mais velha repetia, e eu temendo deixar o corpinho cair me valia do resto da cola nos dedos para agarrar melhor."

*O que as tias estão fazendo agora. Usando a cadeira higiênica
para dar o banho. Não se preocupe de ela escorregar da cadeira.
As tias amarraram.*

"O corpinho desengonçado crescia e as irmãs achando
que a menina deveria engatinhar, que estava atrasada no
engatinho e eu poderia aproveitar meus conhecimentos para
fazer um exame, mas como?, eu perguntava, ora, que fizesse
como um doutor!, elas diziam, mas eu não me lembrava como
fazer, e isso para elas parecia um fingimento, davam risadas
nervosas, eu também dava risadas nervosas para combinar
com elas e punha nos ouvidos o acessório para ouvir bati-
mentos, pousando a extremidade no peito da menina, Está
ouvindo um ronquinho?, a irmã-acompanhante perguntou,
não, eu respondi, mas podia estar enganado, quase sempre
estava por causa das carnes no ouvido, Está ouvindo o carro
do necrotério?, a irmã mais velha perguntou, É o Diretor
estacionando aí fora — e então o Diretor bateu à porta, entrou, me disse que a cortina estava aberta e por isso ele pôde
me ver assistindo à televisão, Por que você está faltando ao
trabalho?, ele perguntou, Não posso ficar nenhum dia sem
colador de boca, já que nenhum dia alguém deixa de morrer.
E ainda emendou, Tampouco posso dar aumento, já deixo
avisado. Não era essa a questão, esclareci, e gaguejei, gaguejei
mais do que convinha para o momento, deixando então que
a irmã interviesse por mim."

"OK, não te cobro mais a carteira — o Diretor prometeu.
Mas volte para a colagem amanhã mesmo."

"Alô, alô? Precisamos falar com alguém da família de Magdalena L., o senhor é o que de Magdalena?, houve um acidente, acabou de dar entrada no hospital, por favor se acalme, foi atingida, princípio de incêndio, senhor?, o senhor precisa me ouvir, ela tem alguma alergia?, isso, rua do rosário, o senhor sabe qual é o sangue dela?, sim, pode me procurar direto na emergência, não, não precisa trazer roupa para ela, não senhor, nem escova de dentes, mas sobre o sangue, o sangue dela, o senhor sabe qual é?"

"Me trouxeram para a Casa de Consolação numa manhã bastante chuvosa, garoto, com os rumores aumentando, a colagem de defuntos atrasada, minha mente cada vez mais envolvida pelo elemento tóxico da cola, eu buscava dizer as coisas pausadamente, mas parecia que meus próprios lábios se contagiavam com aquele grude. Veja só: aí está ela, a Casa de Consolação, está vendo a ponta do telhado no horizonte? Eu te disse que estávamos no caminho certo!, mais alguns passos e chegamos à parte de trás do terreno, sim, concluímos a volta completa, desde a porteira da frente, onde nos encontramos, até a entrada de serviço que está logo ali — viu como a trilha é um bom corte de caminho para aqueles que sabem se guiar no escuro? Fico contente em trazê-lo para cá, garoto! Tudo certo."

"Não vou mentir para você, de início criei certa resistência à Consolação — todos resistem, é claro, a não ser os sonolentos. Eu não estava assim tão indecifrável, talvez um pouco místico, isso com certeza, o que não chegava a ser um crime. Argumentei que não precisava vir, mas "eles" insistiram de um jeito pouco educado para que eu viesse, "eles" eram dois, eram fortes, prenderam meus braços cruzados atrás do corpo, pediram que parasse de me mexer, estou sendo preso?, perguntei, achando que o leitão tinha algo a ver com aquilo. Me vestiram um uniforme branco e logo reconheci a movimentação com as agulhas, estou sendo sedado?, questionei, e estava."

"Quando voltei a abrir os olhos, vi ao lado da cama a menina com roupa de visita, junto com a irmã-acompanhante que me trazia de presente um besouro azul mortinho, Não é uma bela cor?, ela perguntava, e eu queria responder que sim, mas quando abria os olhos de novo a menina já vestia outra roupa e trazia outro besouro, variando o tamanho do bicho, mas não a cor azul e nem o seu estado de morto. A irmã-acompanhante trouxe um saquinho para que "eles" não chiassem com os corpinhos azuis soltos por toda parte, Vou deixá-los aqui na cabeceira, ela informou, e eu fiquei aliviado ao ouvir que na Casa de Consolação "eles" não se incomodavam com a entrada de animais, vivos ou mortos os animais eram bem-vindos, e pensei em dizer obrigado à irmã-acompanhante, obrigado pela companhia que os mortinhos me faziam, e pensei também em dizer me desculpe pelo mau cheiro nos lençóis, mas não consegui mexer a língua."

Quer o seu perfume?
CANSEI DE LARANJA

"Foi então que a irmã-acompanhante me disse que, veja só!, a irmã-paciente também estava na Consolação, que não era a primeira vez para ela, como para mim, e que ela estava logo ali depois do pátio, na casa das mulheres. Para a irmã-acompanhante vinha a calhar a coincidência de estarmos os dois aqui, porque assim a menina corria no pátio com roupa de visita, dava oi à tia e a mim no mesmo passeio, sem necessidade de gastar roupas diferentes — não tinha muitas. Concordei nessa questão da aparência, e de minha parte pedi a ela que apenas fechasse as cortinas para evitar que o Diretor passasse e me visse por ali deitado e sem carteira de trabalho, para evitar que o Diretor repetisse suma daqui, suma daqui."

"Por isso feche as cortinas, eu pedia — e ela encenava o gesto com os braços diante da janela, mas a luz de fora ainda entrava, e eu repetia: feche mais, novamente o gesto diante da janela e nada. A irmã-acompanhante então se sentava à minha cabeceira e cobria meus olhos com as mãos, Está melhor assim?, ela perguntava, melhor assim, eu respondia, e pedia para saber, por curiosidade, se à irmã-paciente também lhe incomodava a luz. Sim, ela me confirmou, também a irmã-paciente precisava das mãos, digo, das cortinas para se sentir melhor."

"Aqui estamos, garoto, deixe que eu abra o cadeado da porteira para você, não é força, é jeito por causa da ferrugem, espere, sejamos criativos. Você tem aí uma chave sobrando no seu chaveiro com a santa de plástico, não tem?, me dê ela aqui, vou lhe mostrar o que nem mesmo o amigo preferido supunha — é assim que você o chama, não é?, *o preferido*, pois bem, passamos a chave pelo fogo da vela verde, desse jeito, e deixamos o metal esquentar bastante: um pouco mais, e ainda um pouco mais. Pronto. Agora veja como se adaptam os dentes queimados à necessidade deste segredo, deste cadeado — entre, garoto, venha comigo que já tenho um combinado para você na Consolação."

"No mais lhe digo que é difícil saber do que se lembrar — lembrar e saber: duas coisas que não se dão, duas matérias imprecisas, uma delas afirmativa e por isso perigosa, a outra delas dançante e por isso perigosa — sim, é aqui o pátio onde fazemos a nossa dança semanal, em giros, isso mesmo, sempre em giros porque eles favorecem nossa performance mental, começa por uma sirene que nos convoca em nossos quartos e, então, quando nos damos conta já estamos no centro da roda, há música para guiar nosso ritmo, tambores, isso mesmo, como você sabia?, giramos uma vez por semana, ainda que haja medo entre nós, medo de, imagine!, alguém cair no chão, ou pior, alguém cair em si, é sempre um risco, garoto, um perigo."

"E te pergunto como não gostar do perigo, eu mesmo não sei. Na ocasião sobre a qual lhe contava, quando as mãos acompanhantes sobre os meus olhos, isso sim um conforto, aquele cheiro da fritura que vinha dos pulsos, o cheiro da fritura próximo ao meu nariz reforçava o pêndulo que me vinha à mente após os comprimidos, deixando com uma imensa vontade de quê?, de dançar na cama."

"Aqui estamos, garoto, este aqui é o meu quarto e esta aqui será a sua cama, bem ao meu lado, compartilharemos a cabeceira onde já tenho para você, veja só, uma roupa branca, consegue vesti-la agora?, e tenho também uma surpresa: besouros mortinhos que logo prendo com alfinetes na altura do seu peito, assim todos saberão que você está aqui como meu convidado, os besouros serão o seu distintivo. Fique tranquilo que por aqui todos vestimos branco e falamos parecido porque, claro, tomamos comprimidos parecidos, mas ainda sabemos nos distinguir uns dos outros, um detalhe basta — apegue-se aos detalhes, é o que lhe aconselho."

"O que eu dizia?, sim!, dizia que as mãos acompanhantes me cobrindo os olhos davam vontade de dançar na cama, dançar com os braços já que as pernas amarradas, e dancei com os braços no ar enquanto a irmã-acompanhante mantinha o cheiro da fritura próximo ao meu nariz, dancei como alguém que se lembra e por isso tem certeza, se lembra e por isso tem vontade, se lembra e por isso sente prazer, como o de descascar uma laranja, dividi-la em duas partes desiguais, dar a uma criança a menor das partes e ficar com a outra, a maior delas para si — uma laranja doce, é o que logo imaginamos, apesar de não ser sempre assim."

"Dancei com os braços pensando nisso enquanto "eles" me observavam e debatiam entre si o que fazer: um filme com os meus movimentos, um filme em preto e branco, ou quem sabe uma longa sequência de fotografias que capturassem, segundo a segundo, aspectos minúsculos da minha coreografia, o ângulo dos cotovelos, os punhos em flexão, os dedos e seus anúncios — compreende o que digo? Porém, garoto, por falta de uma câmera isso não foi possível, e restou-lhes apenas aproveitar o meu braço dançante para me oferecer uma espetada profunda. Pensei ter movido as mãos para escapar, mas pelo visto não movi, pensei ter gritado, ai que dor, mas pelo visto não gritei, e logo veio o toque macio de um algodão disfarçando a espetada, o que foi mesmo agradável, disfarçando os dedos acompanhantes que descobriam meus olhos, o que foi menos agradável, os dedos que abriram a gavetinha, a única gavetinha, esta aí ao seu lado, para apanhar o saco com os mortinhos azuis."

"Da cama eu ainda pude ver o peso dos mortinhos, quase nada, sustentados na sacola por apenas dois dedos, deixando uma das mãos completamente livre para amparar o rosto da irmã-acompanhante, rosto que lacrimejava e, em soluços, caminhava em direção à porta."

"Você disse alguma coisa, garoto?"

"Foi nesse momento em que achei ter pedido à irmã-acompanhante que não jogasse no lixo a sacola, achei ter protestado pelos mortinhos e pedido que ela voltasse no próximo domingo para a menina poder se divertir correndo no pátio, mas parece que não me compreenderam o movimento dos lábios, O que você disse? — "eles" pediam que eu falasse mais claro, que falasse mais alto, O que você disse? — que escrevesse para me entenderem melhor, OS MORTINHOS, eu colocava no papel, e "eles" ainda incapazes de decifrar minhas indicações, o quê?, por favor diga mais devagar, garoto, ah sim, o seu telefone está vibrando, é uma mensagem?, é urgente?, a estrada?, as cortinas?, o lixo?, o pano de chão?, linhas soltas?, o órgão?, as mãos?, de quem são as mãos?, me parece urgente com certeza, fique calmo, garoto, deite-se aqui que eu lhe cubro com o lençol para que você leia novamente cada palavra, pronto, apoie sua cabeça no meu travesseiro e leia com cuidado, muito cuidado para dessa vez considerar tudo o que não está escrito."

II. Avesso

Com um gesto, chamou-me para seu lado. Sua mão procurou a minha. Recuei; temi que as duas se confundissem.

Jorge Luis Borges, em "A memória de Shakespeare"

Você desistiu do cheiro de laranja.

Cansou do gesto repetido que punha, pela manhã, um pouco do perfume no canto onde as orelhas se enfiam nos cabelos. Depois de tantos anos. Este era o gesto que dava a você um cheiro comum, quase imperceptível, mas eficiente em fazer você mesma se lembrar: esta mulher que sai do banho, que se seca com a toalha bordada pela tia, que veste a calcinha com um pequeníssimo laço de fita e põe por cima uma saia listrada, esta que escolhe a blusa listrada não se importando com a falta de simetria entre as listras, que se olha no espelho para usar o cotonete e para aplicar, todos os dias, duas gotas de colônia no pescoço: esta aí sou eu.

Valia a pena comprar a colônia na página da revista, fazer a encomenda para a revendedora aproveitando a promoção compre dois, leve três, e com isso ainda ajudar a revendedora a ser promovida de categoria, antes prata, agora gold, o que dava a ela o direito de receber pelo correio um bóton-recompensa na cor dourada, como se supunha.

Para este recomeço poderíamos deixar alguma coisa escrita sobre os vidros de colônia acumulados no armário, chegando então a doze ou treze frascos, se me lembro bem, até que a revendedora partisse de volta para a casa da mãe, era Minas?, norte de Minas quase Goiás, indo atrás de trabalho com carteira assinada na mineradora. Ela foi te dar um abraço de despedida, deixando de presente para você o bóton dourado. Era um amuleto, ela disse, para que você tivesse sorte. Muita sorte.

•

As dobras de pele e a cor do cabelo são as nossas principais diferenças nesses anos que nos distanciam. Acho que você franziria a testa, ligeiramente alegre?, sim, ligeiramente alegre de ler a minha voz colocada aqui, de saber que eu finalmente cheguei até ela — portanto, chegamos. Uma voz firme até mesmo para te revisitar neste tempo do perfume imperceptível, veja só, para reler você e observar o que em nós continua valendo.

Nesta fotografia que anexo aqui, você com os cabelos atrás das orelhas finge saber pouco, perceber pouco, passando pelos dias dedicada a fiscalizar as extremidades dos tacos sobre o chão, feliz em descobrir algum deles descolado, precisando de reparo. Os reparos eram os teus preferidos. No tempo desta imagem, antes ainda, quase nada era novo em casa. Quase nada vinha embalado. Chamavam isso de segunda mão. Você dizia que eram as tuas velharias preferidas por causa do desenho que tinham: mais bonito do que o das peças consideradas modernas.

Não era isso, não.

As velharias eram um modo teu de coletar histórias. Você olhava para um jarro e se perguntava onde será que ele esteve no Natal de oitenta e dois. Caía bem dedicar um longo tempo à colagem minuciosa de um caco na borda do jarro, ou ainda ao reparo impossível da mão rompida de um Santo Antônio.

Reconheço que havia em tudo isso uma estratégia. As partes quebradas: aprender a consertá-las, não descartar os quebrados, não imediatamente, ao menos, ou não sem antes fazer a tentativa com a cola, a supercola, fita adesiva, fita transparente (ou quase transparente, a não ser pelas bordas acumuladas de poeira).

Com essa tua insistência sobre os objetos você aprendeu, aprendemos a inventariar, a organizar os itens dispersos em coleções que dão a eles um sentido ou, se não isso, ao menos um arranjo em comum. Como a mão do Santo Antônio, incolável mão, que por fim se tornou uma figa apoiada sobre o minipires, formando a partir de então, a figa e o minipires, um novo corpo de partes avulsas, porém indissociáveis.

Está aí algo que ainda tenho de você em mim: a habilidade de tomar as linhas soltas, as partes inexplicadas que sempre existem, dando a elas um encaixe, um lugar possível e modesto no conjunto de uma trama.

Com os acontecimentos, no entanto, e você há de imaginar, veio a hora de parar com isso: sem mais distrações reparadoras. Tornou-se necessário olhar para o taco solto e deixar para depois. A quina de madeira lascada no móvel, a xicrinha precisando colar a asa. Depois. Havia, sobrepondo-se a todos esses detalhes, outras exigências.

•

Ainda gosto de te imaginar aí sentada na poltrona vermelha. Você se sentaria por um momento para que eu pudesse ver de novo este ângulo da sala? Era o teu favorito. Daí, vê-se a janela com as cortinas feitas de pedaços descasados de pano. Foi a amiga da feira que te deu os pedaços — como era mesmo o nome dela? E vê-se também o tapete branco, linhas diagonais. Aquele que ele aceitou comprar seguindo a tua sugestão.

Aí ao lado, se bem me lembro, ainda está a estante de livros. Quatro passos entre ela e a poltrona, de onde você, sentada, consegue com esforço perceber as lombadas. Se apertar os olhos consegue identificar os nomes, os títulos. Você ainda não trata do astigmatismo. Quanta resistência você teve.

Te conto. Escrevo agora usando óculos. Era isso ou em breve não enxergaria nada.

Por que gosto de te imaginar neste canto da sala? Enquanto existe este canto há uma versão de você que muda de cor, ora branquíssima, ora arroxeada. Um pouco distraída, isso sempre. Os lábios entreabertos, respirando pela boca. Testa franzida em seriedade.

Seriedade não. Em esforço.

Talvez você possa se aproximar da estante, faria isso?, esticar o braço para apanhar um volume de capa dura. Aquele que nesse tempo é o teu favorito, com a história fragmentada da moça, o cara que vai embora, o cachorro precisando sacrificar, a jarra da cafeteira misteriosamente espatifada no chão. Talvez você possa voltar ao livro, desta vez indo direto às aberturas de cada uma das três partes, relendo as primeiras linhas e notando algo que pode ter passado despercebido.

Calma. Na tentativa de tomar o livro da estante nas mãos, eu sei que a cicatriz nas costelas vai fisgar. E você vai desistir do movimento, curvando-se para colocar os braços em torno do próprio tronco, um pequeno abraço que admite: ainda não.

Você vai aprender a lidar com a cicatriz. Não te apresse.

Se você estiver de acordo, vou colocar o amigo preferido entrando pela porta agora. Ele dirá algo sobre a tarifa do estacionamento, sobre ter dado voltas e voltas no quarteirão atrás de uma vaga. Você preferiria não ter entrado sozinha em casa, não ter dado a falta de alguns móveis, a falta do cone laranja. Mas, a rua sempre cheia de carros estacionados, o prédio sem garagem. O amigo pediu que você fosse subindo enquanto ele ia até a outra rua deixar as tias na porta do supermercado.

O Rai te viu entrando pela porta gradeada do prédio, deu as boas-vindas. Olhou com espanto para ti, tenho lembrança disso. Era assim que te olhavam nessa época, a dificuldade para andar, o implante com a pele de tilápia na mão, aquele aspecto de trabalho inacabado. Rai te acompanhou até o elevador e apertou o número nove.

Você quase se esqueceu, não foi? O apartamento era no nono.

Saiu do elevador com medo de que a porta automática te espremesse no meio do caminho. Apoiou o antebraço com força para mostrar para o sensor que você ia levar um tempo ali, puxando um pé de cada vez, tentando pular o vão, o mesmo vão de sempre, grande demais.

Amigo preferido finalmente entrando pela porta, certo? Ele olha para você imóvel sobre a poltrona vermelha, acende as luzes, a da sala, a do corredor, da cozinha. Carrega as sacolas em um único braço, a pele vermelha pela pressão das alças plásticas. Lá da cozinha ele fala contigo sobre um filme que está passando no cinema, qual era mesmo? Faz planos de te levar ao cabeleireiro para consertar a franja, o que te parece uma boa ideia, ao contrário do cinema.

Ele aparece diante de ti com uma caneca fumegante. Pede que beba, que beba logo antes que esfrie. A chuva ininterrupta desde a saída do hospital. Ele checa o trinco da janela, tudo certo. Insiste que você beba, que se mantenha quente. Quer colocar as suas meias?

Você quer.

No dia em que o corte se abriu chovia tanto quanto? Você estava com o dinheiro nas mãos, três reais e oitenta centavos em moedas apertadas entre a palma e os dedos. Andou pela calçada o quanto pode, mas os guarda-chuvas, tantos, cobriam a visão do ônibus que dobraria a esquina a qualquer momento. A tua travessia, imperita, os pneus molhados. Um impacto, as moedas caindo da tua mão e se espalhando pela pista, chegando próximas à pintura amarela contínua que dizia aos carros: não ultrapassem.

Com a pele apinhada de asfalto, você teve vontade de catar as moedas.

No momento em que você está agora, com a caneca de leite nas mãos e a alta hospitalar ainda tão recente, não é possível se lembrar de detalhes. Como os braços marcados pelo material dos pneus, a perna ligeiramente retorcida e o cheiro intenso do freio. Não é possível se lembrar nem mesmo da galocha amarela em chamas, é?, tampouco da mão esquerda — a que não doía tanto no momento, encharcada pelo combustível que logo começou a vazar do veículo.

Se eu pudesse te pedir algo nesse instante, uma única coisa, te pediria que, por favor, não tentasse apagar o fogo da galocha com essa mão. Daria tempo de te pedir isso?

•

As tias voltam do mercado carregando as batatas, o leite. Entram no apartamento contando que o pão estava no encarte da terça super: fizeram a conta do número de refeições até a data de vencimento das bisnagas, concluíram que sim, valia a pena. Vinte e quatro pães de promoção. As primeiras semanas depois da tua alta foram fartas em pudim de pão, rabanada, caneca de pão, pão quente, torrada, bolinho salgado de pão, bolinho doce de pão.

Se elas tivessem a chance te mandariam um beijo agora. Mas não vou dizer a elas o que estou fazendo aqui, escrevendo para você, falando com você como se fosse possível. Não direi a todas elas. Só à tia, que sempre tem ideias doidas e é boa com as tramas.

Nessa primeira tarde de alta hospitalar, o amigo preferido fica te rodeando um pouco mais. Põe lençol na cama, toalha no banheiro. Arruma as batatas na gaveta da geladeira, os pães em pratos por todo lado. Pergunta mais de uma vez se você não prefere que ele passe a noite. Você agradece muito, muito mesmo, mas as tias dão conta. As tias dividindo contigo a cama de casal.

O perfume forte que ele usa fica marcado na tua roupa com o abraço de despedida. Um cheiro que você não gosta e do qual nunca poderia reclamar, depois do hospital, da carona, da tarifa do estacionamento, do leite na caneca. De saída, ele toma o cuidado de mandar você passar o trinco na porta. O giratório, ele diz. Você obedece, dois giros. E fica espiando pelo olho mágico para ver como ele pula com facilidade o vão na porta do elevador.

As tias querem que você tome um banho, o primeiro sem nenhuma enfermeira. Claro, elas estão com medo do procedimento. Medo de que algo dê errado, de que o teu corpo bobo escorregue da cadeira higiênica, a cadeira alugada do hospital. Mas o banho é necessário — você sabe disso e as tias também.

A tia não gosta nada da ideia, mas as outras decidem por uma precaução: te amarram à cadeira. Pelos braços e pela cintura.

Talvez seja prudente pedir que elas abram primeiro a torneira com a letra Q. E que esperem um pouco até que o aquecedor se arme, até que a água esquente, antes de entrarem com a tua cadeira no box. Consegue explicar a elas a estratégia?

Você tenta curvar o tronco para se afastar do jato de água gelada que sai com toda pressão. Faz o movimento de escape num reflexo, mas é impedida pela dor afiada na costura das costelas. As tias se atrapalham para te acudir, correm para a área de serviço tentando mexer no aquecedor. Não escutam você dizendo que não adianta, que é preciso fechar essa torneira e abrir a outra. Elas se desconcertam tentando dar a ré na cadeira higiênica, rodas traseiras emperradas. Leva algum tempo até elas darem um jeito de fechar a torneira, esticando-se por cima da tua cabeça gelada.

O teu corpo arroxeado, queixo batendo, dedos em espasmos. A tia chorando, jogando em cima de ti a roupa suja recém-despida para o banho, te esfregando os braços com a roupa suja. As tias mandam que ela pare, que se acalme, as tias te envolvem com a toalha, pedindo perdão.

Nesta primeira noite, e também nas seguintes, dormem todas elas, as tias, te cercando na cama. Quatro corpos desajeitados em um quadrado de colchão. Dizem que é melhor assim, mesmo que você, de madrugada, sue demais.

Melhor assim do que roxa.

"Se você estiver aí ouvindo, eu não estou te ouvindo. Estou ligando para saber se você conseguiu pegar o ônibus."

A voz dele gravada na caixa de mensagem. Há o ruído do Tito bem perto, e da chuva batendo na janela, ao fundo. Há a respiração dele marcando o longo tempo entre as palavras, esperando uma resposta tua do outro lado sem notar o bipe e a voz eletrônica da moça, *Fim da mensagem*. O teu encontro atrasado com estas palavras acontece na mesma sala onde elas foram gravadas, bem próximo ao sofá onde você se senta para checar o celular depois da alta.

Pois bem. São elas, as palavras, e também o ruído de fundo na mensagem que te fazem dar a falta pela primeira vez. Cadê ele, afinal?, você pergunta para as tias.

O amigo preferido tentará alguma antecipação sobre a fuga. Não diga fuga, diga desaparecimento, as tias sugerem. Ainda no quarto cheirando a éter, logo após o último curativo feito pela enfermeira, a que tocava violão. Amigo preferido te ajuda com o casaco, diz que todos se revezaram, que não foi por falta de atenção. Não sabem dizer ao certo como aconteceu, sim, já perguntaram aos vizinhos e até olharam pela janela para o caso de, calma, não foi o caso. Os outros amigos também ficam te rodeando, se preparam para a tua má reação que, tantos remédios, não acontece.

A data da mensagem na caixa postal: mesma data da primeira anotação no prontuário. Você apanha o lápis e transcreve ali, ao lado da letra do doutor, as frases gravadas. Em que dia ele sumiu?, alguém sabe? Bem, a última vez que o vimos foi na manhã do dia quatro, contente com a troca da água e a troca da ração velha por ração nova.

O amigo preferido foi quem teria mandado a mensagem de texto para ele, certo? "Acordou. Estamos todos aqui." Duas pequenas frases em tom comemorativo — vamos imaginar assim.

Ele leu a mensagem, voltou no fim do dia seguinte trazendo numa sacola as cortinas do casebre para lavar, como pedido. Deixou-as sobre a mesa da cozinha, junto com um bilhete que confirmava para o amigo preferido que, sim, ele tinha posto fogo no lixo conforme a instrução. Estavam ali as duas chaves presas à santa de plástico, dentro de um envelope onde se lia, Obrigado. Apanhou o último pacote do quarto e sala: livros sim, roupa de cama sim, cobertor não. Foi à porta da geladeira para riscar na tabela a coluna final.

Foi assim que aconteceu?

•

Minhas cadeiras, duas, saíram pela porta agora. Hoje é o meu último dia aqui, as minhas últimas horas, para ser mais precisa. Você não conhece esta porta, nem este lugar onde me sento no chão para escrever, mas iria gostar daqui porque apertado. Pouco espaço nunca foi problema para você.

Teria usado as paredes: prateleiras, ganchos. Teria feito cortinas, isso com certeza. Um pano claro para dar a impressão de cômodo maior, fina camada escondendo a janela. Talvez fossem as primeiras cortinas feitas à máquina, já que o implante de pele na mão esquerda custou a engrossar. Levou um tempo até conseguir manipular agulhas de novo.

Tive que vender a máquina de costura. Não a da mãe, aquela outra, a de segunda mão que ele comprou parcelado. Rendeu um troco. Não fiz as cortinas, não tive vontade. Achei que podia ser assim agora, janelas livres. De esquadria de alumínio, as janelas. Você não iria gostar deste detalhe, tenho certeza. Mas, tudo se ajeita. Me acostumei ao ruído alto que a chuva faz sobre a esquadria, e também à água vazando entre a borracha e o vidro, escorrendo pelo lado de dentro. Desajustada, a janela. Quando chove, afasto a cama e estendo sacos de chão no rodapé. Tudo certo.

Achei que o lugar valia a pena porque o classificado dizia: sol manhã e tarde.

Nada. Não teve classificado nenhum.

Foi ele, o amigo preferido, sempre te ajudando, me ajudando — com as batatas, com a mensalidade da natação, com o conjugado do irmão chileno para que eu morasse de graça nesses últimos tempos.

Trinta e oito metros quadrados, o suficiente.

Uma samambaia e uma espada de São Jorge. Resolvi levar as plantas comigo na mudança, quase secas, praticamente mortas. Levo por insistência das tias, que acham que dá para salvar ainda. O amigo preferido disse que tudo bem, que forraria o carro com jornal para que o xaxim não se espalhasse. Já no caso dos móveis não tem jeito, eles não cabem no carro, ele disse.

Me deu o contato da ruiva do brechó. As duas cadeiras que saíram agora, vendi para ela. E outras coisas restantes também. Menos a poltrona vermelha. Tão velha, não renderia nada. A cama sim, cento e trinta reais. Pouco, mas não caberia na casa das tias de qualquer maneira, você sabe, você conhece o espaço lá.

A tia já me arranjou um colchão daqueles de enrolar. O cara do boteco vai deixar emprestado com a gente um tempo. Elas deram uma faxina no forro, penduraram no sol para tirar o cheiro de guardado. Está tudo pronto para quando eu chegar, foi o que elas disseram quando liguei há pouco.

Significa que já estão fritando bolinhos. Não é uma boa notícia?

Desculpe passar a escrever a lápis no meio da folha. Tive que devolver a caneta para o ajudante da ruiva que está de saída com a cristaleira. Isso, a cristaleira da mãe. Duzentos e oitenta reais.

•

Você fez bem de ter guardado as coisas importantes na caixa, as fotos e os escritos amarrados com elástico de dinheiro. Os besouros estão no saco plástico conforme você deixou, três deles mofaram, mas os outros ainda estão durinhos. Gosto dessa tua curadoria das coisas, da decisão sobre o que guardar, o que descartar. Que bom que a tia te ajudou nisso. E que bom que a tia te ajudou a sair da janela também. Tudo certo.

Observo nas fotos a posição do teu corpo, comparo o antes e depois das mãos.

Na foto que saiu na *Tribuna*, "Acidente quase termina em tragédia", o jornalista diz *quase* porque, apesar do teu estado, o fogo poderia ter saído do controle se uma brigadista da papelaria não tivesse te acudido com o extintor de incêndio da loja. Uma explosão — foi isso o que a brigadista conseguiu evitar, segundo a matéria.

Consigo ver na imagem, em papel-jornal, a mão esquerda já sem as pontas dos dedos, a pele faltando até a altura do punho. Já estava sem o anel de pedra. No enquadramento que o fotógrafo deu, braços sobre o meio-fio, tronco e pernas sobre o asfalto. Sem rosto.

Nesta outra foto, um ou dois anos mais antiga, as mãos ainda íntegras. Dedos finos, veias azuis à superfície da pele. Esse vestido com amarração nas costas, que fim levou? Se ele ainda estivesse por aqui, não me caberia mais — ou não vestiria tão bem quanto na época da foto.

Por enquanto estou vestindo com as tias, as camisetas do vereador, a da campanha do mosquito. As saias com elástico na cintura, revezamos. Menos nos dias de feira. Nesses dias ponho vestidos, porém maiores que os teus, mais espaço entre o umbigo e o pano. Prefiro assim.

Eu e as tias temos um combinado. Vou continuar na feira nos finais de semana, vindo para cidade no primeiro ônibus do sábado, 5h40, e voltando no último, 22h15. As tias vão me ajudar nos bordados, e a tia nos tapetes. Fiz a planilha. Se conseguir duas encomendas por mês, se conseguir sem dar desconto, levo as tias para passear no final do ano. Para a tia finalmente ver o São Francisco e saber o que é um horizonte de rio, como ela diz.

Olha só as coisas que também achei aqui na caixa.

A vela dos teus dois anos. A única foto do pai velho. Os ingressos dos filmes. As folhas escritas.

Fiquei bastante tempo sem pegar nisso, sem abrir a caixa. Desde a saída do apartamento onde você está e a vinda para o conjugado do irmão chileno. Ocupei os anos que estão entre nós duas com outros temas, prioridades. A mão, por exemplo.

Demorou para o implante aderir, engrossar. Era importante que a pele nova se esticasse, que nenhuma parte ficasse embolada na palma, nas curvas dos dedos. Você tomava o remédio para dor, abria e fechava a mão incontáveis vezes por dia. Esse era o exercício que te ajudaria a firmar o gesto de novo e, com sorte, te permitiria voltar aos tapetes. Isso que se esperava.

Foi no quarto mês após a alta que você conseguiu voltar às aulas particulares. Ficou chato aceitar toda hora o dinheiro do amigo preferido. Continuo aqui dando as aulas também, duas alunas no momento. Variam muito, às vezes seis, sete alunas.

Em épocas boas, manhã e tarde. Mas, quando uma crise aperta e elas precisam cortar alguma despesa, cortam você, me cortam de primeira. A gente sabe.

Tudo bem.

A caixa (que a mãe chamava de caixãozinho, lembra?) estava guardada no fundo do meu armário da cozinha, bem embaixo dos panos de copa que você nunca usou, nem eu, mas que guardamos. Durante os dias em que arrumei a mudança, trouxe tudo o que estava na cozinha para o chão da sala, porque o armário da pia foi a primeira peça que vendi. Quinhentos e trinta reais.

A ruiva espiou a caixa na sala, avaliou a qualidade da madeira. Disse que não era nobre, mas que se eu quisesse vender ela comprava. Vai?

Não. Essa fica.

•

Me sentei há pouco aqui com as folhas que trazem a tua letra, com os teus objetos guardados, esse conjunto: miudezas que você juntou criando uma costura. Reconheço a tua escolha por escrever a partir dos objetos — começar por aquilo que persistia real, para então compor as circunstâncias ao redor. Assim pareceu ser possível se lembrar do resto, certo?, ou no mínimo pressupor, imaginar. Não faria diferença entre uma coisa e outra, no nosso caso, desde que tivéssemos um registro. Algo em mãos.

É o que tenho aqui, agora. Letras, folhas e mãos reconhecendo-se umas às outras.

Imagino você sentada na mesa da cozinha. Foi lá que você escreveu, com a tia montando guarda na porta para te dar o alerta caso as tias voltassem da rua questionando, afinal, para que servia aquilo tudo, gastar a caneta com o que não importava mais. Para quê?

Você se empenhava em não adiar mais nenhum momento, tinha de ser ali, e já, unir os detalhes, preencher os espaços vazios: escrever como um meio de inventar a si mesma. Era possível nascer do próprio gesto?, você se perguntava, querendo acreditar que sim. Já acreditando que sim.

Se sentou para escrever uma mulher — um centro, uma casa, um relevo, uma mulher que pudesse ser você, mas que fosse de imediato algo mais do que isso. Algo inexato e, por isso, múltiplo.

Começar pelas vozes, era o que você queria. Quais delas você escolheria, como falariam?, um encontro entre elas?, trocas de palavras?, como se resolveriam sobre o que veio antes e depois do teu corpo inexplicavelmente deitado sobre o asfalto?

Gosto que você tenha escolhido o corpo sobre o asfalto como referência para o início de tudo. Acho uma boa decisão.

Folhas de papel, a caneta brinde do gás bras, a tua letra primeiro tremida, bastante tremida, depois um pouco mais firme, mas nunca inteiramente firme. Você escreveu de uma forma provisória, era mesmo para ser provisória?, inventando uma amarração para as tantas pontas soltas: o combinado, o peixe, o Diretor, alguém ausente, outro combinado, outro Diretor, a cabeça pulsando aquela frase, "usar as mãos para sobreviver", um pai velho no meio de tudo, os detalhes, alguém ausente, a caixa de besouros, uma foto, muitas fotos, tudo aquilo que não se sabe ao certo, "usar as mãos para sobreviver", definir um calendário, seguir o calendário, os detalhes: dar atenção aos detalhes.

Você planejava as entradas dos parágrafos, a numeração dos capítulos, cuidando para que as cortinas e as cenas das cortinas, os corpos e as cenas dos corpos, os lábios e os lábios em movimento, para que tudo isso funcionasse. Me lembro de que essa era a tua única preocupação: que funcionasse. Você achou aquilo parecido com fazer tapetes. Tramar e escrever, coisas que se fazem com as mãos.

De onde estou agora, leio o teu texto, o narrador do teu texto e reconheço as frases do hospital inseridas ali no meio. Tenho aqui as páginas originais daquela comunicação que a fono-audióloga propôs, frases tão curtas à superfície, pedindo algo mais de quem as decifrasse. Vejo a caligrafia do doutor, ainda a conheço, e a da enfermeira do violão, provavelmente, com um traço duplo na haste do *a*.

Você deixou tudo organizado em um envelope, as folhas que escreveu na cozinha, presas na ordem por um clipe, mais as páginas do hospital. Tudo a salvo da faxina das tias. Não te preocupa de eu perder alguma folha, não vou, nem de eu bagunçar a ordem.

Fica como já está. A tua escrita primeiro, e então a minha, deixando para o final as linhas soltas. Foi ideia da tia essa composição das partes. Tudo bem por você?

•

Da foto em que aparece o pai, se lembra? O pai, a mãe, você no colo dela ainda muito pequena, o queixo furado.

O papel fotográfico está dobrado. Se me lembro bem, o objetivo da dobra era esconder o pai velho na imagem, entregar na escola a foto apenas com a mãe para a festinha de maio. Eu diria que você ainda era criança quando fez isso. Não. Era adolescente, quase adolescente.

Na foto, logo atrás da cabeça da mãe aparece aquela moldura na parede. Moldura da vó preta. A mão do pai velho está apertando o ombro da mãe, os dedos fazendo pressão na manga bufante do vestido. O pai velho não olha para a câmera, mas sim para o chão, onde estava sentada a tia que sempre conseguia te fazer sorrir.

Foram na companhia da tia os teus primeiros dias no apartamento depois da alta do hospital. A tia que ele chamava de tia doida. As outras arranjaram um bico na padaria-escola, de sete às sete com intervalo de almoço. Elas te ajudam com as contas, por um tempo, separam dinheiro para consertar o aquecedor da água.

Deixam responsável por ti a tia que sempre te chama de garota, que te deixa tomar banho dia sim, dia não.

Ela fica encarregada de te esquentar a comida ao meio-dia, queima a comida na frigideira, mas pede que você coma tudo, incluindo os pontinhos pretos no arroz, ou as tias zangam com ela.

Se deita contigo depois do almoço e te dá a mão para o cochilo. Você finge que dorme, a tia dorme. Deitada na cama de barriga para cima, quantas são as marcas de mosquito no teto? Talvez você possa limpar as marcas, apanhar o pano de chão e o álcool, fazer isso assim que der para subir nas escadas e erguer os braços.

•

Imaginemos que você esteja agora no sétimo dia após a alta. O sétimo, especificamente, por causa dos caquis. As tias entram no quarto cedinho, ainda vestindo as camisolas, trazendo dois deles. Bem maduros, com uma colherzinha sobre o prato. Você prefere as mãos, a fruta direto na boca. A polpa fibrosa passando entre os teus dentes deixa todos os teus pelos arrepiados. As tias prendem o pano de prato na gola do teu pijama. Evitar a sujeira na roupa, no lençol. Evitar trabalho para as tias. Mais trabalho.

Elas já te recostaram na cabeceira? As três juntas, uma enganchando cada braço enquanto a outra puxa o lençol sob o teu quadril. É nesta posição, sentada na cama, que elas te dizem, te dizem ainda durante o caqui, que descobriram onde ele está. O Rai descobriu.

No prédio do fim da rua, aquele que põe comida na calçada para os bichos soltos — é lá que ele está. Tentaram convencê-lo a voltar oferecendo um pedacinho de carne. Vão tentar de novo no dia seguinte. Que você não se preocupe. Que hoje elas vão fazer as rosquinhas de limão.

Isso, aquelas que a mãe deixava você comer no lugar da janta.

Você, bem pequena, chorando para a tia continuar contando a história do mamoeiro. As tias te enfiavam a rosquinha na boca, obrigando a engolir o choro junto com a casquinha de açúcar. "Lá vem o doutor com o mamoeiro nos ombros." Era essa a frase que a tia falava para você, a frase que abria um caminho até o pai velho. Segundo a história da tia, ele tinha roubado o mamoeiro lá na servidão, voltado correndo para casa antes que aparecesse o dono. Plantou no quintal dizendo que aquilo pegava à toa. Que em breve teria mamão fresco para colher.

A mãe apanhava o mamão ainda verde. Ralava a polpa, fazia o doce. A tia não gostava do doce, preferia a fruta madura. Fazia guarda ao lado do pé, brigando com a mãe para não catar. Às vezes a mãe não catava, e a tia saía satisfeita para o passeio.

Era por isso que a mãe mandava você ir até a praça, se lembra? "Vai encontrar a tua tia que ela perdeu a rua." A tia perdia a rua duas vezes por semana. Depois três. Até que a mãe decidiu trancar o portão da frente. Deu à tia uma chave errada que ela girava no trinco e nada. Chaveiro dia e noite, dizia a camisa do rapaz que ia fazer o conserto do trinco — que a tia esperasse por ele na porta de casa. Nunca, o tal rapaz. No dia seguinte a tia voltava à tentativa com a chave errada, esquecida da falta de solução.

●

Vinte e oito dias após a *boa notícia*, não foi assim que chamaram a alta?, as tias pedem ao amigo preferido que te leve para um passeio. Cortar o cabelo, que tal?, enquanto elas limpam um incidente no colchão, resultado do teu pesadelo noturno.

Você calça as sandálias de velcro. Diz ao amigo que só falta apanhar o pacote de biscoito, o que você passa a carregar toda vez que sai de casa. Os teus medos nesse tempo, corriqueiros. Sentir fome na rua, sentir frio, não saber as horas, esquecer o número do telefone de casa.

Você apanha o tal biscoito e eu, daqui de onde vejo, lamento apenas que o pacote seja azul, e que azul seja uma cor que não se come, que não se põe na boca.

O amigo preferido nota o teu desajeito, te ajuda a colocar os cabelos atrás das orelhas. Ele aponta para a tua blusa onde um farelinho de pão está preso no ponto da lã. Você ajusta a força dos dedos, doma o tremor, repete três vezes o movimento fino que tenta tirar o farelo da blusa, levá-lo até a boca. Um esforço que te deixa vermelha, ligeiramente suada no topo da testa.

O amigo fica constrangido com o teu esforço, tira para você o farelo. Abre a porta prometendo às tias te devolver em breve.

●

A moça no salão espelhado pergunta se você prefere a água fria ou morna. Quente, você prefere quente. Ela ajeita uma toalha na tua nuca, puxa para dentro da pia o pouco cabelo.

A torneira preta faz um ruído quando aberta, um agudinho que te incomoda e provoca um movimento involuntário no olho direito. Ela pede desculpas, ajusta alguma coisa. Mantém a água longe da tua cabeça enquanto experimenta a temperatura com as pontas dos dedos. Em poucos segundos, pelo espelho logo à frente, você vê a fumacinha que começa a sair pela biqueira.

Ela molha o teu cabelo tomando cuidado para que a água não escorra para fora da pia. Posiciona a mão em formato de concha logo acima das tuas orelhas, impedindo que a água entre no ouvido. Você sente o líquido percorrer o couro cabeludo. Pergunta à moça se é possível esquentar um pouco mais a água.

Mais? Sim, um pouco mais.

O xampu, movimentos precisos. Ela recolhe as mangas da camisa branca em direção ao cotovelo. Aperta o êmbolo do frasco uma, duas vezes. Distribui o líquido perolado entre as duas mãos. Pergunta a você se está tudo bem.

Tudo bem.

Entra com os dez dedos de uma única vez entre os teus cabelos, fazendo uma pressão equilibrada entre unhas e carne. Massageia a raiz e percorre, de orelha a orelha, cada centímetro da cabeça. Com movimentos circulares, ela contorce os dedos entre os fios e você não sabe mais se eles, os dedos, são dez ou quarenta.

Ela interrompe o que está fazendo por um instante. Te pergunta de novo se está tudo bem.

Você está ouvindo?

Te acorda com um toque suave no braço, percebendo o líquido que te escapa entre as pernas.

Na volta para casa, as tias perguntam se o amigo preferido pode contribuir, pagar a recomendação médica. Natação uma vez por semana. Ele diz que vai deixar o cheque mês a mês. Você não sabe da abordagem, ficaria chateada se soubesse.

Você sabe da abordagem, se demora no quarto para não precisar participar.

Início em uma terça-feira. A tia vai contigo para ajudar no vestiário com a touca de borracha. Ela faz um coque com o teu cabelo, mostra como você deve fazer para empurrar todos os fios para dentro da touca. Apoie com a mão esquerda, ela diz, e use os dedos para ir ajeitando as mechas que sobrarem para fora.

O teu braço erguido por mais tempo do que o recomendado faz a pele do implante ficar arroxeada. A tia abaixa a tua mão, esfrega os músculos do braço empurrando o sangue de volta para a extremidade. Diz que o médico avisou que aquilo poderia acontecer, que não é para você se preocupar com essa parte.

Que você tem que ir logo para a piscina, Oito horas — ela bate o dedo sobre o reloginho de pulso. Você vai, tentando ajeitar o elástico do maiô que pressiona a tua virilha.

Há um combinado sobre você ter do professor uma atenção especial. Não há combinado nenhum. Quando você chega à borda da piscina ele te diz, Pode cair. Você fica reticente, tenta avisar sobre a cicatriz escondida embaixo do maiô. Ele repete. Pode cair.

Morna.

Desce pelas escadas, mãos fortes no apoio de alumínio. Se agarra à borda, cuidando para deixar os braços para fora da água. É a mão, você diz ao professor, dando a entender que precisa tomar cuidado com a pele, o implante. Ele diz que leu o teu atestado, que não tem problema nenhum em mergulhar a mão. Ele dá pequenos empurrões nos teus cotovelos, te incentivando a afundar os braços na água.

Olha só, pessoal, vamos começar com o crawl. Ele faz no ar os movimentos de braço que você e os outros três alunos deverão repetir na água rumo à outra borda, doze metros e meio adiante. O maiô repuxa, você se distrai tentando ajeitar o elástico que pressiona a virilha.

O professor apita. As outras três raias largam para as primeiras braçadas.

Você pede para ele repetir o movimento, mostrar de novo. Ele repete de frente para você, e também de lado, aumentando as instruções sobre a posição dos cotovelos. O elástico do maiô entra de novo na virilha, e ele pergunta se você está escutando. Você mente.

Segundo apito. Agora é para você ir.

Tenta afundar a cabeça na água, tenta empurrar a parede da piscina com os pés. Ele te acompanha caminhando pela borda, põe as mãos em torno da boca para gritar instruções sobre a posição das pernas, dos braços, a voz de comando dele no eco do ginásio insistindo naquilo em que você precisa prestar atenção, naquilo que você precisa corrigir.

Ele pergunta, Você está me ouvindo, e grita, Estou falando com você. Está ouvindo. Não faz o que ele pediu. Se concentra em chegar à outra borda o mais rápido possível. Mesmo que feio, desde que sem se afogar muito.

Você precisa passar para a turma da tarde, ele avisa. Por que você não me disse que nunca tinha nadado?

Te ajuda a sair da piscina. Quer que você não trema as mãos.

Vai tomar uma água, ok?

•

As tias te diziam ao pé da cama da mãe, Vai tomar uma água. Você já sabia como as coisas aconteciam. Se os dedos da mãe estivessem tremidos, tudo estava bem. Mas, nos casos em que os dedos se estiravam endurecidos, essa era a hora das tias te mandarem apanhar água.

No início você voltava rápido demais para o quarto, e podia acontecer de a língua da mãe estar esticada para fora da boca, puxada pelos dedos da tia. Não demorou para que você aprendesse a estender o tempo diante do filtro, derramando a água no copo sem a pressa, voltando ao quarto quando os dedos da mãe já tremidos de novo, língua devolvida para dentro da boca.

Você se sentava na beirada da cama, conversava com a mãe o que ela quisesse apenas, nunca mais os teus assuntos de escola, dos aprendizados. A mãe falava o nome das pessoas que moravam no bairro, checava a tua memória porque não queria que você se esquecesse. Da Belinha que foi morta pelo intestino petrificado, não se esqueça dela, do Maroca que no inverno forrava a sala com chapa de compensado, não se esqueça, do Bidunga e o corcel azul de volante grande, dele também, por favor, não se esqueça.

A voz da mãe, afoita, prestes a sumir. Você garantia a ela, Tudo guardado, mãe, tudo anotado. Como em uma tabuada, repetia os nomes sobrepondo a voz à dela, um nome seguido do outro até que ela conseguisse se acalmar para te ouvir, silenciar para te ouvir enfileirando nomes, belinha, maroca, bidunga, deise da mariola, arilza, vó geni, ceição, rejane lá dos fundos, fatinha do sacolé, a mãe espichando a língua para fora da boca, querendo que você provasse que estava sim decorada, belinha, maroca, bidunga, deise da mariola, arilza, vó geni, ceição, rejane lá dos fundos, fatinha do sacolé, o rarefeito da voz da mãe cada vez mais encoberto pela firmeza da tua repetição, belinha, maroca, bidunga, deise da mariola outra vez e outra até que ela enfim fechasse os olhos.

A tia vigiava o procedimento. Tudo combinado. Está bom que chega, tia? Estava.

Agora você pode ler o poema, a mãe pedia, acalmada embaixo dos olhos. Leia altíssimo.

Você ficava de pé. A mãe virava os olhos fechados para você, tirava os dedos debaixo do cobertor. Vá, diga o título.

As mãos de minha mãe.

Você dizia as linhas, cada uma delas pausadamente, dizia bem alto, atenta para substituir o pai pela mãe na hora determinada, trocando *meu velho pai* por *minha mãe*, simplesmente minha mãe sem dizer se velha ou nova, seguindo adiante até o fim das linhas com a entonação previamente acordada, maior ênfase em *quando elas repousam nos braços da tua cadeira predileta*, a linha que finalmente punha as mãos sobre um apoio e que, por isso, definia um lugar para os dedos. Isso é importante, dizia a mãe.

De início te incomodava substituir o pai pela mãe, no título e também na quinta linha. Depois virou costume. A mãe queria que você treinasse a impostação, redizendo e redizendo até deixar de um jeito só teu.

Ela ouvia a tua voz, mexia a cabeça para que você soubesse que ela estava concordando. Se titubeasse uma palavra, ela, já decorada, te ajudava nas sílabas. Quatro ou cinco vezes o poema inteiro até que ela, satisfeita, dissesse que você estava indo muito bem, que chegava de treino por hoje. Senta aqui. Um beijo na tua testa. Ela esticava o tronco para fora da cama, punha os dedos entre a planta dos teus pés e o chão. Esta semana você não cresceu nadinha, ela dizia, garantida com a precisão dos dedos.

Ainda demorou um pouco para que você, sentada, conseguisse encostar os pés no chão. Ainda demorou um pouco para que você conseguisse ler o poema de um jeito só teu.

"Adicionar coisas da mãe." Foi esse o bilhete que você deixou aqui na caixa. Talvez porque tenha economizado mãe nas folhas. Ficou faltando isso. Como fazer a voz dela, afinal, aquela voz esticada para fora da boca? Querendo não sumir — como escrever essa qualidade de voz? Essas perguntas, a busca por essas respostas foram parar contigo. E ficam comigo também, ainda por um tempo. No aguardo.

Vou deixar essa entrada da mãe aqui como uma tentativa. Objetivo: ler, escrever a mãe de um jeito só teu. Meu. Aproveitar as estratégias da mãe com a voz e com os dedos.

Nesse momento, por exemplo, em que imagino você nos dias em que a pele repuxa, você e as tias com os pães de promoção que não acabam. Nesses exatos dias seria bom se você pudesse se ocupar da chamada dos nomes, conforme a mãe te ensinou, talvez até mesmo aumentando a lista com outras pessoas, mais alguns nomes, dona vilma, soninha, dóris, seu tião, a teca do érique e aquela outra, a portuguesa.

Pronto, está aí um conselho. Três. Lembre-se dos nomes. Imposte a voz como a mãe queria que você fizesse. Mantenha os cabelos presos — isso. Cabelos presos para ninguém perceber o embaraçado. Esconder os nós.

•

Já estamos no segundo dia de natação?

Hoje o professor quer te ensinar a respirar. Nem menciona o movimento dos braços. Quer que você apoie os dedos na borda da piscina e afunde a cabeça expirando o ar debaixo da água. Faça bolhas, grandes bolhas com o ar expirado. Use a força dos pulmões, ok? Ele quer que você fique ali, subindo e descendo a cabeça, inspirando e expirando, até pegar ritmo. A aula toda, se for preciso. Do seu jeito, ok?, sem pressa.

Você diz que ok.

Tem uma outra foto tua muito linda aqui no caixãozinho.

Vestido caramelo ajustado à cintura, as mãos dele te contornando o quadril. O amigo preferido está também, ainda tinha cabelo. Você sorri de um jeito forte, com a boca e com os olhos. Era uma festa. Era para sorrir.

Foi logo na volta, não foi? Uma fisgada. Você alongou o banho, a água quente ajudava na cólica. Nada. Noite acordada. Ligou para o amigo preferido de manhã. Pediu ajuda. Ele passou para te pegar, levou no postinho. O doutor pediu que você, deitada na maca, abrisse as pernas e deixasse os joelhos dobrados. Usou um afastador para examinar, introduziu os dedos forrados com a luva de borracha no meio das tuas pernas, apalpou alguma coisa lá dentro.

Tirou os dedos dizendo que sentia muito. Que precisava de um exame de imagem para dizer com certeza e para saber o que era melhor. Se tirar ou esperar descer. Em quarenta minutos saía o resultado. Amigo preferido tinha uma reunião, coisa importante. Me liga, ele pediu. Você esperou sozinha na cadeira azul, embaixo do letreiro numérico que dava as senhas. Desde o cento e sessenta até o duzentos e quatro. Tempo de o doutor ter certeza. Ele trouxe a imagem na mão para te mostrar. Tinha duas semanas.

Onde? Aqui. É isso? É, essa mancha branca.

Você não sabia? O sorriso da foto na noite anterior não sabia. O doutor disse mais uma vez que sentia muito, que era mais comum do que se poderia imaginar.

A tabela já estava na porta da geladeira, não estava?, duas colunas riscadas, duas a riscar. O amigo preferido no telefone disse que a reunião tinha sido boa, sim. Te perguntou o que ia acontecer, o que o médico tinha dito. Tomar dois comprimidos, um agora, outro daqui a pouco. Esperar descer.

Se ia doer e se você ia contar para ele, o amigo perguntou.

Você achava que ia.

Se sentou no chão para retomar o tapete vermelho, tapete encomenda. Cruzou as pernas para amparar as linhas no colo, separar entre as duas pernas as linhas vermelhas que escorriam do metro e meio já trançado.

O efeito do segundo comprimido, a bacia de água quente no banheiro, a porta trancada. Você do lado de dentro perguntando a ele como tinha sido o dia no Banco. Ele querendo saber se podia jogar fora as aparas de linha vermelha espalhadas pelo corredor. Colou o ouvido à porta para ouvir melhor o teu consentimento. O que você disse? Pode jogar fora, baby. Ele juntando as aparas de linha com as mãos. Fazendo uma bola vermelha. Pondo a bola vermelha em um saquinho de mercado, amarrando as alças do saquinho. Jogou tudo nove andares abaixo pela lixeira do corredor. Te confirmou que, sim, tinha fechado bem o saquinho para que aquilo não se espalhasse na caçamba. E, sim, topava ver o jornal na TV antes da janta.

Foi desse jeito?

Vamos deixar escrito desse jeito.

•

Nesta outra imagem você está sozinha. Pelas minhas contas já tinha voltado a dar as aulas particulares. Na foto, veste um biquíni preto, sentada na areia sobre uma canga com motivos indianos. Não queria ir à praia, não queria a fotografia pela qual o amigo preferido insistiu. Os teus olhos estão apertados, sol. Pernas dobradas em direção ao tronco. Você, abraçada aos joelhos, tentava esconder as cicatrizes.

Não as do acidente. As de depois.

Queimaduras.

Em um dos primeiros dias de natação, quarto ou quinto. Você voltou do ginásio sozinha, e ficou em casa sem as tias, um tempo. "Fomos ao inss." O bilhete delas na mesa da cozinha.

Tirou a ideia dos trabalhos escolares, método que se usava para cortar isopor. Faca de manteiga na chama azul do fogão. O metal ficava um pouco vermelho, e preto logo depois. Tinha que passar rápido pelo isopor, o mais rápido possível para não deformar a carne branca. Mesmo assim deformava. O calor do metal excessivo sobre a carne. Para a escola servia.

A tua primeira tentativa foi na parte interna do antebraço.

Você vai dizer para as tias que foi a leiteira. Você disse que foi a leiteira quando elas entraram pela porta se abanando do calor do meio-dia, perguntando que cheiro de queimado era aquele. As tias vão acreditar. As tias acreditaram.

Na coxa, no peito, na batata da perna, dia sim, dia não. Se chovesse, haveria bolhas. O barulho da água escorrendo na janela te fazia deixar mais tempo a lâmina sobre a pele. As tias vão passar clara de ovo, as tias passam clara de ovo, cicatrizante. Evitam bolos, salvam os ovos para você, para as bolhas. As tias percebem. Escondem a leiteira.

Te conto. Eu também digo o mesmo, até hoje me serve a explicação. A rugosidade bruta no antebraço, a única parte exposta nos meus vestidos largos. A quem não resiste, respondo. Foi a leiteira. Disse tantas vezes que nem mesmo duvido, como as tias. Aumento ao meu modo a explicação, digo que estava fazendo um doce na leiteira, um caramelo, digo que fui queimada por açúcar. Fica como uma edição do gesto, algo que faço por nós duas. Um ajuste dos fatos em nome da beleza — podemos dizer assim.

Fiz isso algumas vezes, continuo fazendo. Como no caso do espelho da mãe.

Você dizia que eram as marcas de oxidação nas laterais, por causa delas não gostava do espelho. Escondia o objeto atrás da cama, refletindo a parede. Levou um tempo para você assumir o reflexo do qual o espelho da mãe não te poupava: a cicatriz na barriga, a pele da mão retorcida, permanentemente retorcida, os pontos queimados pela faca. Esse corpo que passou a se expressar com certa brutalidade.

Não era isso que tanto te importunava no espelho?

Pois bem. Te digo que coloquei ele no centro da minha parede, não no alto, mas rente ao chão, apoiado no chão. Gosto de me sentar diante dele e, com calma, observar a forma que o objeto refletor tem, o espelho-figo, assim a mãe o chamava, um figo cortado ao meio e invertido para se apoiar sobre o próprio cabo. Me agrada testar o balanço do objeto sobre esta base afunilada quando toco com os dedos o seu lado direito, depois o esquerdo, notando o esforço de equilíbrio que ele faz quando prestes a cair, mas ainda não.

Talvez os dedos da mãe ainda estejam marcados nesta superfície. Acredito nisso.

Gosto de dar um tempo ali, sentada, observando a imagem que aparece interrompida pela oxidação na altura do peito, do ventre. Gosto de me despir completamente diante do que vejo.

Passo os dedos sobre as cicatrizes do abdômen, sinto a ondulação da pele antes machucada, depois curada. Gosto de abrir as pernas no ângulo máximo das virilhas. Perceber a pele das virilhas ali refletida, imagem ligeiramente mais escura que a da parte interna das coxas. Procuro observar os lábios enquadrados na base do espelho, lábios expostos à oxidação.

Nesse momento pode ser que use ou não meus dedos na textura desses lábios, percebendo a diferença entre esta textura e aquela das cicatrizes, deixando ou não os dedos por ali em um exercício particular e insistente de proximidade. Pode ser que faça assim, ou que apenas aprecie a imagem por algum tempo.

Não te preocupa. Não venderei o espelho-figo.

•

Sabe o que mais está aqui no caixãozinho? Os envelopes que ele te postou semanalmente depois de ir embora para o quarto e sala.

Envelopes sem carta. Apenas fotos.

Você espalhou sobre a cama, ordenou do teu jeito. Passou o elástico de dinheiro em volta, guardou junto com as folhas escritas. Bonitas as fotos. Não mostram a nova agência, não mostram a mesa de gerente perto da janela. O que fotografar, afinal, quando se sabe que o filme não dura para sempre, que as fotos do rolo acabarão a qualquer momento? Talvez ele tenha se perguntado isso quando optou por retratar para você somente as esquinas, pisos molhados, faixa de pedestres, vitrines, letreiros — ele te dando um olhar para o lado de fora, certo? Se você prestasse atenção aos detalhes, muita atenção, tiraria por si mesma algo mais que estava dito ali. Efeitos, vestígios, fechos.

Foi o que você fez.

Ainda bem que desobedeceu à tia. Por ela, as fotos iriam para o lixo. Mas você gostava, eu ainda gosto, das histórias contadas em pedaços. Aquelas que a cada giro podem ganhar um cômodo.

Por isso guardamos os detalhes, apreciando inclusive o que parece irrelevante. Como o peso do órgão na bandeja hospitalar. Qual seria o gesto para acomodar sessenta e dois gramas na palma da mão?, me pergunto.

·

Água.

Ele quer que você atravesse os vinte e cinco metros, ida e volta, com uma borracha especial entre as coxas. Atenção para o braço, ok? Ele faz o movimento no ar para que você veja, mostra os detalhes. Quero ver você trabalhando apenas braço, ok?, não precisa bater a perna.

Você posiciona a borracha especial e, com os pés, dá um impulso forte contra a parede. As primeiras braçadas, curtas, ainda se lembram da instrução fora da água. Ele, te seguindo pela borda, sinaliza joia. Mas a borracha puxa o teu quadril para cima, obrigando o tronco a mergulhar um pouco mais. Você sente medo de não conseguir virar a cabeça lateralmente para fora da água. Sente medo de não conseguir inspirar. Se atrapalha no metro quatro, perde a borracha no caminho. Ele, te seguindo pela borda, sinaliza para que você não pare, para que vá adiante mesmo sem a borracha. Você obedece.

Erra o braço e dá goles na água até a outra borda.

"Não precisa de cortina. Quarto e sala não bate sol."

Sim, vamos falar um pouco mais dele.

No recorte que pego aqui, o Diretor ainda não deu o ok, mas a tabela já está na porta da geladeira. Ele voltou no domingo, depois de um final de semana transportando pacotes para o quarto e sala. Tinha levado o primeiro deles, ou talvez já o segundo. Não importa, ele disse. Voltou dizendo que a cortina não importava, que você não devia gastar tempo com isso porque lá não batia sol. Melhor que você focasse no tapete encomenda. Algo assim, foi o que ele falou. Estamos antes do acidente, a caminho dele. Você não sabe disso, não pensa em acidente nenhum. Não tem acidente no combinado.

Elevador em manutenção de novo, ele chegando em casa com o suor escorrendo no colarinho. Você estava na escrivaninha desenhando uma nova parte da trama do tapete encomenda. Ele perguntou se você tinha passado o final de semana inteiro ali. Sim, você respondeu, eram muitos metros, ia precisar de três tramas, no mínimo. Se não era mais demorado trocando de trama, ele perguntou, se valia a pena a encomenda mesmo assim.

Com a porta da geladeira aberta, ele punha a cabeça bem rente às prateleiras olhando o que estava, poderia estar atrás do bule, do pote com resto de purê. Rolou o abacate para um lado, depois para o outro. Fechou a porta pressionando a borracha fraca.

Quer que eu vire o ventilador para você?

Começou a te contar da nova agência, que tinha visitado a obra. Estavam finalizando. Faltava pintar de vermelho, faltava a fachada. Comentou sobre a leveza?, sim, comentou que o lugar parecia mais leve que a agência daqui. Fez aspas com os dedos em torno do leve, talvez se referindo ao tamanho menor, menos serviços previstos para atendimento. Talvez fosse isso.

Abriu de novo a geladeira, pegou o leite. Se você queria um pouco.

Não.

Deu um gole longo, metade do copo. Que tinha uma faixa de pedestres em frente à agência, ele continuou. Que isso não era bom por causa dos freios dos carros e dos ônibus, especialmente dos ônibus. Ouviria os agudos dos freios o dia inteiro. De resto, estava tudo certo.

Parecia contente? Mais ou menos contente.

Disse que tinha comprado uma mesa de plástico. Que arranjava uma cadeira na próxima ida. Deu o segundo gole no leite, até o final. Copo vazio ao lado do teu desenho. Você apoiou o pescoço no encosto da cadeira. Notou duas marcas de mosquito no teto. Deviam estar ali desde janeiro. Desde janeiro, você disse.

•

Uma ex-aluna vai te ligar agora. Está ouvindo o telefone?

A tia entra pela porta, te estende o aparelho. Você diz um alô entrecortado, pigarreia, diz alô mais uma vez, se desculpa pelo pigarro. É a aluna violinista, Se lembra de mim?, sim, você se lembra dela. Combinam de voltar às aulas uma vez por semana, começando dentro de dois dias. Você agradece, ela também, vocês desligam.

Dois dias antes desse telefonema. As tias te abordaram. As três ao mesmo tempo, certo? Que você tinha que voltar ao trabalho, a tia disse, e a tia, sem te olhar?, sim, sem te olhar, disse que era tempo — os pontos da barriga já secos, o implante da pele já aderido à mão. Só a tia doida não disse nada, segurando os boletos. Talvez cinco, seis, talvez atrasados.

Mencionaram Seu Salvador. Quem mais ligaria todos os dias às seis da manhã? Estava cercando o aluguel. Sabia do teu acidente, inclusive quando era moço, ele disse ao telefone, teve uma irmã que também passou pelo mesmo, o asfalto, a pele aberta, o susto, ele sabia como era, ainda que com a irmã dele não tenha sido exatamente asfalto nem desatenção, quer dizer, a parte da desatenção ele tinha apenas imaginado, que as tias lhe perdoassem o comentário, é que era inevitável imaginar o motivo, ele explicou à tia, inevitável fazer a cobrança porque não podia esperar mais tempo — ele dependia do dinheiro para comprar os remédios da pressão alta, A senhora entende?, ele perguntou.

Agora vocês, você com as tias, tinham um prazo.

A ligação da aluna violinista foi uma coincidência. A ligação da aluna violinista não foi uma coincidência, mas você fingiu não saber de nada, fingiu bem. A agenda de contatos sobre a mesa da cozinha, o número da aluna sublinhado à caneta.

As tias ligam quando você, depois do almoço, vai para o quarto. Ligam para outros alunos também, o menino que conseguiu, finalmente conseguiu a bolsa para dançar na Alemanha, a filha da Jussara que suspendeu casamento e por isso que importância teria um enxoval agora?, e também para aquela outra menina, me esqueci do nome, que tinha acabado de entrar no programa de demissão voluntária da fábrica de arruela, que a tia por favor entendesse, ela explicou, agora mais do que nunca o curso de inglês era prioridade.

Para a aluna violinista, não. Para ela o argumento da tia sobre os tapetes, sobre a autonomia do trabalho, fazer a própria hora, fazer o preço que achar justo, Pense na autonomia, a tia usava o termo depois de aprendê-lo no programa de pequenas empresas na TV — para a aluna violinista esse argumento estava bom.

Te pergunto. Depois de tudo, você ainda sabe dar as aulas?

Esse questionamento não te ocorre com a antecedência.

O que sim te ocorre é dizer para a aluna, antes de desligar, que você não tem mais a mesa da sala. Sem lugar onde apoiar as linhas, o tear. Pode ser na sua casa?

Ela titubeia. Talvez manifeste algum desagrado, mas disso não me lembro bem. Diz que mora em um lugar bem pequeno, mas ok, dá-se um jeito. Quer anotar o endereço?

Nesta noite você se deita com a barriga para o teto depois de apagar o abajur e dar boa noite às tias, uma ao teu pé e as outras duas se encaixando ao teu corpo. Pensa no endereço anotado, não conhece aquela rua. Começa a suar nas costas, se vira de lado para arejar a blusa úmida. A rua daria mão para que lado?, você tenta imaginar em que altura estaria o prédio da aluna, 327 é lado direito?, tem quase certeza de que será preciso atravessar as pistas, quatro delas, região de alta velocidade. Imagina a eficiência improvável dos teus pés cruzando as faixas de pedestres, receia os freios desregulados. Todos os motoristas regulam os freios conforme a regra? Você pensa nos carros e nos ônibus, especialmente nos ônibus.

A tia ronca de olho aberto ao teu lado, você se pergunta se daria para mudar de posição sem acordar as tias. Se mantém quieta mesmo com a dormência nas pernas encolhidas. A tua franja colada à testa absorve o suor.

Amanhã cedo: trocar as fronhas. É o que te ocorre.

No dia seguinte você decide fazer o trajeto até a casa da aluna violinista. Um teste. Aprender qual a melhor linha de ônibus, quanto tempo até lá. Se ônibus cheio. Se elevador ou escadas no prédio onde ela mora.

Poderia ter perguntado tudo isso pelo telefone. Com naturalidade, sondaria qual o melhor jeito de chegar à casa, se o ônibus cheio, quanto tempo em média até lá. Algumas perguntas soariam normais. Outras descabidas. Talvez ela não notasse o teu embaraço em sair de casa sozinha pela primeira vez desde o acidente. Para dar aula pela primeira vez desde o acidente.

Você poupa as perguntas e não consegue dormir, paralisada para não acordar as tias, não antes do despertador tocar.

Seis horas.

Naquela manhã as tias te fazem leite batido com banana. Você coloca o biscoito azul na bolsa, veste o casaco de plástico, troca o guarda-chuva grande pela sombrinha para agradar a tia que tem certeza, não chove tão cedo. A tia aumenta o volume do rádio para comprovar: *terça-feira de céu aberto, temperatura entre vinte e três e vinte e sete graus.* Mesmo assim. Você prefere não correr risco sem a sombrinha.

Na sala, com o rosto junto de um bordadinho em andamento, a tia pergunta se você já colocou o pacote de biscoito na bolsa, o recheado. Você beija a testa da tia.

•

O 457 leva mais de quarenta minutos para aparecer no final da rua. Tempo suficiente para que a tua capa de plástico comece a grudar nas costas. De óculos, você consegue discernir os números do ônibus a uma distância confortável para erguer o braço direito, certa de que, sim, aquele é o 457 e não o 467, fazendo o sinal a tempo de o motorista diminuir a velocidade e trocar de pista para parar no ponto onde você está.

O dinheiro, sete moedas, preso no centro da tua mão.

O ônibus, nem cheio nem vazio. O trocador confirma que a viagem começou agora, aquela é a terceira parada desde o ponto final. Você fica contente, chance de lugares sempre vagos.

Caminha pelo corredor sacolejante se segurando com força nos suportes amarelos. Até o vão central do ônibus, quatro passos largos. Você abaixa o banco dobrável destinado às pessoas que acompanham cadeirantes. Se senta ajeitando o casaco.

O trocador, de tempos em tempos, passa sobre a testa uma toalhinha bege.

Você pensa em abrir o zíper da capa, dobrá-la com cuidado para guardar dentro da bolsa junto à sombrinha. Mas avalia, projetando possibilidades, que se o tempo virar bruscamente, se uma rajada de vento frio entrar pelas janelas, ou se uma chuva intensa cair de repente invadindo as vidraças do ônibus, se algum desses cenários acontecer as tuas mãos não darão conta do ligeiro. Não antes do teu corpo ficar exposto ao frio, ao vento inesperado. Ficaria gripada, você pensa, perderia as aulas, a aluna.

Portanto, sim, você avalia com segurança, melhor ficar com a capa vestida.

Aproveita o caminho para prestar atenção aos detalhes. Como o tempo necessário para chegar à porta traseira, chegar até lá com os teus pés em um ônibus em movimento. Ou ainda o tempo exigido para descer os degraus da escada, cada degrau apenas com a perna direita, a mais forte delas.

Você contempla todo esse planejamento e faz um exercício criativo, digamos assim, antecipando as viagens futuras no ônibus. O que faria caso o seu lugar, o de acompanhante, não existisse no veículo, ou existisse, mas ocupado. E se precisasse ficar de pé, onde se encostaria, onde engancharia o braço? Ou ainda, imagine, se o motorista não esperasse o teu tempo de chegar à porta traseira, o teu tempo de descer degrau a degrau com a perna forte. O que você faria?

Você gritaria, era isso. Você gritaria.

Duas pessoas se sentam bem à sua frente, mãe e filha de lado para o teu banco acompanhante. A criança está agitada. A mãe está agitada.

Criança diz alto que quer alguma coisa. Consegue entender o que ela tanto quer? A mãe aperta com força o punho esquerdo da criança, aperta com força os próprios lábios. Eu quero, a criança diz e especifica, quero agora. A mãe diz coisas sérias rente ao ouvido da criança. Que responde, ainda mais alto e ainda em par, eu quero, quero agora, chorando, com um fio descontrolado de saliva pendendo da boca para o peito.

A mãe bufa, tira de dentro da bolsa um saquinho de jujubas coloridas. Toma. Agora você vai ter que comer todas, todas, ela diz reforçando cada sílaba da palavra.

A criança pega o saquinho com uma das mãos e com a outra, espalmada, limpa as lágrimas que se acumulam nas bochechas. Chupa de volta a saliva descontrolada e, entre soluços, empurra duas jujubas para dentro da boca.

A mãe diz que a criança é chata. Criança chata, repete. Vira o rosto para o corredor, deixando criança e jujubas longe dos olhos.

O choro e o soluço param depois de seis jujubas, você contabiliza, sendo a sexta, se me lembro bem, a de cor lilás. Ela passa então a colocar as balas dentro da boca com um pouco menos de vontade do que no início, só apanhando uma nova no saquinho quando a anterior já engolida. Escolhe com critério, dois dedos em pinça, apenas as jujubas da cor que mais deseja.

Quando só as verdes restam no pacote, três verdes, a criança olha para a mãe. Eu não quero todas, ela diz, mãe de olhos sonolentos. Não escuta, finge que não. Também não escutaria, portanto, se a criança desse um jeito de descartar as verdes indesejadas embaixo do banco, deixando-as cair, uma de cada vez, no pequeno espaço entre seus joelhos. No chão do ônibus, pequenos giros de açúcar verde a cada curva, cada freada.

A criança desce do ônibus vinte minutos depois, adormecida sobre o ombro da mãe.

Ainda faltam dois pontos para a tua chegada. Começam a te incomodar as jujubas perdidas no chão, enjeitadas.

Você se levanta num impulso, senta no mesmo banco onde a criança estava. Se curva um pouco para a frente, alcança as três jujubas empoeiradas. Assopra cada uma delas. Esfrega entre as mãos.

Guarda no bolsinho interno da bolsa. Para mais tarde.

Se ele se mudaria para outra cidade, o Diretor perguntou.

Achava que sim. Talvez sim. Sim.

Vamos imaginar a pergunta e a resposta colocadas desta forma, apenas para compor a cena. Teria sido antes de ele chegar em casa dizendo, aceitei. Dizendo que agora era esperar pelo ok do Diretor. Gerente Encarregado, seria esse o nome no crachá?, uma adaptação do cargo porque ele não tinha o ensino superior completo, conforme as regras do Banco exigiam.

Ele precisaria levar na mudança a mesa da sala, te disse, ou não teria onde apoiar os papeis do concurso, não teria onde estudar. Talvez ele deixasse para você a poltrona vermelha com o forro envelhecido, aqueles braços desgastados onde você gostava, gostava muito de apoiar as mãos. Vocês veriam isso depois, sem pressa.

Que o ajudaria a procurar apartamento, você disse, contente por ele, contentes sem sorrir, ambos.

O tapete encomenda entra neste momento.

Você se concentra nisso, e apenas. Se concentra na encomenda. Ocupar o corredor até alcançar os três metros e meio de tapete. Cumprir o prazo do cliente, você estava determinada. Depois viam o resto, não era isso? Depois.

Nesta foto. Você sentada na escrivaninha desenhando o primeiro metro de trama. Os cabelos encostam no papel, a mão encosta no papel, a mão segura o lápis. Você poderia afastar os cabelos e olhar para a câmera? Ainda bem que não. Imagem bonita assim, sem rosto.

Foi ele quem tirou a foto. Fez o clique para girar o filme na máquina. Que você não se mexesse, ele insistiu. Ou perderia o foco.

A imagem queimou um pouco no canto esquerdo, aquele problema no diafragma. Um dos teus pés está apoiado no assento da cadeira e o joelho, dobrado, chega bem perto do queixo. Vejo de perfil o teu nariz que ultrapassa ligeiramente a linha dos cabelos, e vejo como ele se assemelha ao nariz no meu espelho, esse já um pouco acrescido dos anos.

Depois do fichário com as instruções do Diretor, da tabela na porta da geladeira. Depois dos quatro pacotes que você ajudou a montar, fazendo o vácuo com o aspirador de pó emprestado do vizinho. Você pediu que ele não se esquecesse de deixar anotado o endereço do quarto e sala. Com CEP.

Desculpas por não se levantar, você pediu, por não largar o desenho do tapete encomenda para se despedir dele, de saída na porta, pacote número um nos braços. Poderia perder a ordem das linhas, entende?

Ele entendia. Te jogou um beijo tocando a ponta dos dedos nos lábios.

Você continuou trabalhando na encomenda. Não. Você foi tomar um banho. Estou resumindo. Foi tomar um banho para se distrair com as larvinhas pretas.

•

Você achava aquilo intrigante.

Os frascos de xampu no piso do box, a água que sobrava empoçada embaixo deles depois de cada banho, no minúsculo côncavo na base do plástico. Nasciam ali as larvinhas, e você não entendia como aquilo era possível, como? A tia disse por telefone que elas, as larvas, comiam restos invisíveis de pele. Disse que tinha visto naquele programa de TV com o especialista das bactérias, restos de pele dos pés, a tia especificou. A ocorrência era ainda maior quando as pessoas usavam lixa no calcanhar durante o banho — elas, as larvas, adoram lugares quentes, úmidos e com lixa, a tia te disse.

Você parou de comprar aquele creme de cabelo, o do pote grande que tinha a base larga, e que por isso as larvinhas adoravam. Mais espaço para natação, era o que você supunha.

Água sanitária, a tia aconselhou. Taca água sanitária.

Nada.

Veneno varejo, então: cobre o nariz e a boca com um pano e taca veneno varejo.

Nada? Nada.

Jamais conheci uma pessoa que também tivesse as larvinhas em casa, que soubesse do que eu estava falando. Mesmo aqui, no apartamento do irmão chileno, no banheiro velho, velhíssimo, rejunte escurecido. Mesmo aqui, nada de larvinhas. Ao que parece elas não têm nada a ver com a idade do cômodo, a idade do revestimento.

Talvez tenham a ver, sim, com os pés. A pele solta das rachaduras nos calcanhares deve mesmo ser a preferência das larvas, como disse o moço das bactérias na TV, como garantiu a tia. Afinal, se a TV estava dizendo devia ser verdade.

Não te ocorreu, na época, pedir que ele tratasse das rachaduras, que usasse a pomada conforme a receita do médico do postinho. Também não te ocorreu jogar fora a lixa de pé, a que você odiava de todo jeito, aquele cheiro. Poderia ter passado pela sua cabeça secar o box depois do banho, do seu banho, do banho dele. Por que não te ocorreu usar o pano de chão?

·

Sobre as imagens. As fotos que ele prometeu.

Tenho aqui em mãos as três primeiras.

Elas estão entre as minhas preferidas, aquelas cujo ângulo e recorte me parecem menos planejados. Há uma displicência subentendida, uma leveza?, sim, acho que podemos chamar assim. Talvez fosse esse o plano dele, dar às fotos uma menor gravidade. Ou talvez ele não tivesse plano nenhum.

Uma semana após a partida chegou o primeiro envelope. Você não viu a entrega do correio. Estava na unidade intensiva, ocupada em cicatrizar de vez os pontos infeccionados, em não rejeitar o implante na mão.

Envelope branco, bordas verdes e amarelas. No verso, lá estava, endereço completo do quarto e sala com CEP, quarto e sala alugado com a tua ajuda. Não, isso pode confundir. Encontrado com a tua ajuda.

Teu nome na parte da frente, grafado em letra de forma, hastes retas. Antes de abrir o envelope você avaliou cuidadosamente aquela escrita objetiva, carente do balanço específico dos dedos. As hastes do *a* e do *m*, especialmente do *m*, poderiam ser do atendente dos correios, da moça que ajudou com a locação, ou mesmo da jovem aprendiz. Você descartou todos esses dedos desconhecidos e leu as hastes como sendo as dele e de mais ninguém. Preferiu assim.

Três fotos. Seria sempre essa a contagem. A cada envelope, três imagens em preto e branco. Mais um texto pouco, estilo legenda.

(1) Enchente no último sábado.
(2) Esquadrias do quarto e sala (detalhe).
(3) O peixe não apodrece mais. Tudo certo.

Vinte envelopes no total?, sim, vinte. Um conjunto funcionando como os teus tapetes e aquela frase de propaganda dos teus tapetes. "Perfeitos para corredores, passagens, transições e transposições." Será que é sempre possível dizer onde começa e onde termina uma transposição, eu te pergunto.

Me lembro de você se afeiçoar à ideia, à promessa dele de enviar fotos toda semana, as fotos como uma contagem singular do tempo, dos quilômetros entre as cidades. E, também, por que não?, essas imagens como um elo improvável entre vocês, entre tudo o que vocês ainda não sabiam ao certo, nem ele, nem você.

A contagem regressiva do filme, fotos contadas, será que é possível dizer onde começa e onde termina uma transposição? Vinte envelopes depois, talvez o filme estivesse finalmente esgotado, você considerou. Era isso. Talvez ele estivesse esgotado.

·

Água.

Hoje vamos treinar mergulho. O importante é alinhar a cabeça com o tronco, queixo encostando no peito, ok? Você diz que ok. Ele demonstra três vezes. Na primeira, a forma errada. Viu como minha barriga bateu na água? Sim, você viu. Nas duas vezes seguintes, o jeito certo. Ele queria que você notasse como as orelhas ficavam sob os braços, esses bem esticados. Que você observasse o quadril, encaixado. E os pés, Viu os pés?, máximo esforço de alinhamento. A primeira coisa que entra na água são os dedos, consegue esticar bem? Ele conta até três, para te dar coragem.

Você salta no dois.

Erra o ângulo da cabeça, recebe toda a pressão da água direto no ouvido.

Veste a blusa com a estampa do vereador na altura do peito. Amarra o cabelo atrás da nuca, divide a franja em duas mechas, três grampos do lado direito, quatro do lado esquerdo. Que você devia trocar a blusa, a tia diz, que o pilantra na foto só fez que gostava de velho para se eleger. Soltar os cabelos, devia também, um arco melhor do que tanto grampo.

Apanha a maleta de linhas. Na bolsa: biscoito, o simples porque o recheado acabou, e a sombrinha. Por cima do pilantra: capa de plástico. Ouvido esquerdo entupido, mesmo após o cotonete, os pulinhos.

Dia de retomar as aulas com a aluna violinista.

Ela pediu que você não se atrasasse. Precisava sair de casa às nove, te disse ao telefone, para chegar às dez na concentração em frente ao Teatro Municipal. Cada um de seus colegas levaria um cartaz, ela disse, e o dela já estava pronto, Tem tanta coisa errada que não cabe em um cartaz, copiou a frase da passeata que viu na TV, muito vaga a frase, ela sabia, mas era impossível resumir o bizarro: salário, vale-transporte, diálogo, luz na sala de ensaio, papel higiênico, consideração, tantas coisas que faltavam.

Então, por favor, não se atrase, ok? Acha que eu consigo fazer uma grana com os tapetes?, ela te questionou.

Você garantiu para a aluna que sim, estaria lá em ponto.

Dar a aula, pegar o dinheiro da aula, entregar o dinheiro às tias. Cumprir o combinado. Com duas horas de antecedência você sai de casa.

No ponto do ônibus, nenhum ônibus, apenas vans abrindo a porta para quem podia pagar mais, é três e oitenta, é quatro, é cinco e vinte, o preço crescendo junto com a fila. Não vai ter ônibus hoje?, alguém perguntou. Queimaram um na Cardeal, o vendedor de balas avisa com o ouvido colado ao radinho, E parece que tem mais um queimando na Presidente. Vai atrasar geral.

Você apalpa o pacote de biscoito pelo lado de fora da bolsa. Conta a passagem, três e oitenta certo. Entra na fila de trás, a do 457, dando à fila da frente prioridade para quem tem os cinco e vinte da van.

Esperando o ônibus, ainda sem saber se ele vai passar, ou que horas vai passar, você está contente por ter o biscoito dentro da bolsa, fome não passa, e pode até chover que a sombrinha está ali prevenida, faltando apenas água, que você já planeja trazer na próxima vez, deixando a garrafa no congelador de um dia para o outro. Tudo certo, você quer que dê.

Quanto tempo de espera? O 457 aparece no final da rua. A fila se agita, a fila ergue os braços. O motorista pisca o farol, aponta para a frente, logo ali adiante das vans: avisa que vai parar ali. A fila se desorganiza, a fila se perde. Você, agarrada à bolsa e à maleta de linhas, tenta correr tanto quanto os outros, desviar dos outros com bolsa e maleta de linhas para manter o teu lugar na fila, mais ou menos o teu lugar na fila já desfeita. É cada um por si, avisa o rapaz que alcança primeiro a porta do ônibus.

Você fica para trás, as coxas ardem.

O ônibus vai enchendo. Os bancos se ocupam, o corredor se ocupa, todos procurando se agarrar como podem a um pedaço livre dos suportes de ferro. Bolsas entre as pernas para não travar quem está passando, é o que o motorista pede. Bolsas entre as pernas para não ser roubado no empurra-empurra, é o que todo mundo sabe.

O motorista vê o desajeito quando é a tua vez de subir as escadas, acelera o giro do motor, quer que você se apresse, quer que a senhora atrás de você se apresse também. Ela será a última, ele diz, Senão eu tombo na curva. Os demais do lado de fora que esperem pelo próximo carro.

Você se agarra ao corrimão da escada, desvia o rosto da mochila do passageiro da frente. Prende a maleta de linhas entre as pernas, se ajeitando como pode no espaço pequeno do degrau. Estava contemplado nas tuas projeções ter que viajar nas escadas do ônibus? Tudo certo, você quer que dê.

O motorista fecha a porta deslizante, arranca de solavanco, Que o inferno é hoje, ele diz, e pergunta bem alto, Alguém desce antes do mergulhão?, melhor assim, direto até a beira--rio. Você sente o corpo pendendo nas curvas, você e todos os outros esforçados em se sustentar como possível. A menina ao teu lado, de fone, não escuta o que diz a velha com a sacola de feira logo atrás: que ela tire a mochila das costas, a velha pede, e ponha para a frente. Ouviu, menina?

Você toca o braço dela chamando a atenção, ela joga o queixo para a frente querendo saber o que você quer. A mochila, ela lê nos teus lábios. Bufa, tira a mochila sem tirar o fone. A velha te agradece.

Dez, quinze minutos até a beira-rio? Tempo suficiente para que teus dedos da mão fiquem dormentes com a pressão em torno do cano que evita a queda. Na primeira parada, con-fusão na porta de trás, empurra-empurra, dois passageiros descem, um grito de palavrão, outro grito, outro palavrão em resposta. Na porta da frente, o motorista faz não com o dedo para as pessoas do lado de fora, pessoas socando o vidro da porta deslizante, querendo que ele abra. Não, ele faz com o dedo, girando o motor parado, pisando na alavanca do freio e liberando apitos de ar comprimido. Está com pressa, ele deixa claro. Ninguém mais entra, ele deixa claríssimo.

Suor, capa plástica. Você puxa o ar cheirando a querosene, sente a temperatura alta da tampa do motor do ônibus, tampa inefi-ciente em conter o ruído da máquina que faz andar todo aquele peso, peso atípico que ignora o adesivo de capacidade máxima, 69 passageiros. Você fecha os olhos, se concentra em diminuir a palpitação logo embaixo da estampa do vereador pilantra.

A velha atrás de ti te pede ajuda. Precisa erguer a bolsa pesada da feira, mudar a posição do pé por baixo dos legumes.

Você troca a sua bolsa de ombro. Flexiona os joelhos até alcançar, de lado, uma das alças da bolsa de feira da velha, enquanto ela mesma, curvada, alcança a outra. Contar até três e puxar ao mesmo tempo, é o plano que você propõe a ela.

No três, você e velha sincronizadas no esforço puxam a alça com uma força que nem vocês mesmas sabem de onde vem, parecendo fortes, querendo parecer fortes uma para a outra, a bolsa erguida a meio metro do chão para a velha finalmente ajeitar os dedos do pés. Confiando na tua força, imensa força?, a velha fraqueja na alça, deixando a maior parte do peso para ti, para a tua mão sozinha. Foi deus que ela chamou quando, no susto, viu os legumes, Meus legumes, se espalhando pelos degraus do ônibus, batata-inglesa e doce, cebola, inhame, chuchu, por causa da alça arrebentada na tua mão. Não posso perder meus legumes filha, você olhava a palma da mão vermelha, tinha vontade de assoprar, mas não havia tempo, Meus legumes, me ajuda filha.

Se eu puder te dar um conselho. Chame a menina que usa o fone, faça ela olhar para o lado, para baixo. Peça ajuda para catar os legumes.

Você pede desculpa para a velha, Aquele chuchu filha cata ele pra mim, você se abaixa esquecendo por completo da dor nos pontos no abdômen, esquecendo por completo de se segurar para não cair, de não soltar a maleta de linhas para não ser roubada no empurra-empurra. Se abaixa atendendo ao pedido da velha e alcançando o chuchu e a batata-inglesa, Aquele outro inhame ali na frente filha, falta ele, você enfiando o braço entre as pernas do rapaz de mochila, pedindo licença, pedindo que o tênis logo adiante empurre, que por favor empurre de volta o inhame até os teus dedos esticados, para que eles, os dedos, finalmente alcancem o legume do qual a velha não pode, de jeito nenhum, abrir mão.

O motorista olha o teu esforço, nota o suor?, sim, o suor. Tira do pescoço uma toalhinha, torce do lado de fora da janela, estende na tua direção. Você aceita.

(1) Unha encravada de novo. Lavo com vinagre. Tudo certo.
(2) Fachada da agência. Falta o vermelho, falta a porta que gira.
(3) Rua do quarto e sala. Ao fundo, muro do cemitério.

•

A caminhada do ponto do ônibus até a rua da aluna violinista deixa a tua pele pegajosa.

Dedo indicador no interfone, rosto entre as grades do prédio, você diz ao porteiro que veio dar a aula. Ele fixa os olhos nos teus cabelos, um pouco espantado?, sim, um pouco espantado.

Se há um banheiro na portaria, você pergunta. Ele diz que não. Você explica, refrescar o rosto antes de subir. Ele coça a cabeça. Lá atrás tem uma bica, mas a água está racionada, ele avisa.

No pátio dos apartamentos, parte ensolarada. O porteiro encaixa um balde embaixo da bica, enche até a metade. Até aqui chega? Sim. Você agradece. Coloca bolsa e maleta de linhas no chão, tira a capa de plástico, dobra a capa, apoia sobre a maleta. Mergulha as mãos no meio balde d'água, lava os antebraços, mergulha novamente as mãos, molha o pescoço, a nuca. O porteiro supervisiona, curioso em saber como foi que a tua mão esquerda ficou assim, desse jeito. Queimou como?

O interfone toca, ele sai de perto. Você, tentando ser rápida, descalça as sapatilhas, suspende o algodão da saia. Molha a parte interna das coxas, abana a pele vermelha, quente de suor.

O porteiro ainda no interfone.

Com o tronco inclinado para a frente, prestando atenção no equilíbrio, você ergue o meio balde d'água do chão e mergulha a cabeça dentro dele. Até cobrir os ouvidos.

A tia, entrando pela porta, vai perguntar o que você está fazendo.

De pé no parapeito, com a janela da sala aberta, você experimenta o equilíbrio para, mãos livres, pendurar de volta a cortina lavada.

O vento faz um barulho, está ouvindo?, talvez chova. Enquanto a tia não te interrompe, dedos dos pés agarrados à corrediça da janela, você testa o movimento dos braços suspendendo a cortina, testa o esforço dos dedos para inserir as roldanas, uma a uma, no trilho fixado no teto. Você tenta não enquadrar no campo de visão, lá embaixo, a rua, o bicicletário. Vai e volta sobre o parapeito fazendo com o corpo um pêndulo curto entre a introdução de uma e outra roldana no trilho.

Ruídos aquáticos no ouvido entupido. A tia larga a bolsa com as batatas no chão, te abraça pelas canelas. As tuas panturrilhas tocando forte a bochecha da tia, que se aperta a ti com força, uma força que nem ela mesma sabe de onde vem. Você sorri, descabida. Deixa a tia atrapalhada te abraçar, atrapalhada te fazer pender o corpo para dentro da sala. Ela diz que não vai largar as tuas canelas por nada.

Vocês duas deitadas no piso de taco, a tia sem ar, o teu cotovelo dolorido pelo impacto no chão, as costas da tia doloridas pelo impacto do teu peso. Faltará um dos teus brincos. Falta um deles.

Deitada ao lado da tia, olhando as marcas de mosquito no teto, você imagina o pedaço de metal barato mergulhando, batendo na pequena laje lá embaixo, cobertura para a calçada da rua. Brinco sem par, guimba de cigarro, cabeça de boneca. Coisas que frequentemente se perdem.

A tia vai te perguntar como foi a primeira aula com a aluna violinista. A tia vai fechar a janela, apertando bem o trinco central.

Você vai dizer que foi tudo ok.

A tia vai perguntar se o dinheiro sobre a mesa é para as contas. Se pode jogar fora o pano de chão sujo.

Diga que ok.

Mas, não houve aula ainda, você aí no pátio dos apartamentos com a cabeça mergulhada no balde. A aluna já estranha os dez minutos de atraso.

Você apanha um pano de chão pendurado logo acima da bica. Envolve os cabelos no tecido sujo, aperta as pontas retirando o excesso de água. Vamos logo com isso: apanhe a bolsa, a maleta, desvie do porteiro e procure o elevador de serviço. O pano de chão. Leve contigo o pano.

O corredor no andar da aluna é comprido. Quantos apartamentos nesse piso, vinte, trinta? Se em frente ao elevador a porta diz 1470, na outra extremidade, perto do basculante, deve ser onde mora a violinista. 1476.

O número, a sua referência para encontrar a porta correta. Também a música.

Você percebe a composição. Rápida, difícil respirar entre as notas?, sim, difícil. Até que, de pronto, lenta, com as cerdas deslizando até o limite do instrumento. Costas apoiadas na parede, você pensa naquela garota. A cena do filme em que ela foge de bicicleta pela areia da praia, primeiro empurrando as rodas sobre a areia fofa, depois pedalando sobre a areia dura, fazendo força com as pernas e olhando para trás, tirando o cabelo do rosto e olhando para trás, esforçada em se afastar da câmera e vencer a fuga. Ela vai cair alguns metros à frente, você sabe. Por isso gosta de pensar na cena só até o momento em que a câmera não alcança a garota, e a fuga dá medo e é bonita. De algum modo, você reconhece a sensação, quando algo dá medo, mas é bonito.

A aluna violinista completa a execução da música. A água escorre dos teus cabelos para as costas. Você apanha o pano de chão na bolsa, passa sobre os fios.

De frente para a porta da aluna, ajeita pela última vez a saia. Aperta a campainha.

Ela abre imediatamente, um pouco confusa em te ver assim?, isso, um pouco confusa, diz que você está mais magra, bem mais magra, fala de um jeito que deixa aquilo como uma notícia boa. E você concorda, sim, está mesmo mais magra, imitando o tom que ela sabe fazer. Você repele a tentativa de abraço. Vamos, peça desculpas por estar molhada, peça desculpas por não abraçá-la.

Você observa o apartamento, que não repare na bagunça, a aluna te pede. Quer colocar sua maleta de linhas aqui no sofá?

Onde é o banheiro, você pergunta.

O trinco da porta não gira, mesmo fazendo força. Ela te avisa que não dá para trancar, porta empenada. Que fique tranquila, ela te diz, promete não invadir o banheiro com você lá dentro. Você vai direto ao box. Afasta a cortina plástica, levanta os frascos de xampu, dois.

Sem larvas pretas.

Volta à sala perguntando se a aluna está pronta. Ela nota pela primeira vez o aspecto da tua mão esquerda. Pergunta se pode ver de perto.

Dói?

Você confere o tear da aluna já posicionado sobre a única mesa. Falta espaço para apoiar a tua bolsa.

No sábado destinado ao pacote de número dois, você se sentiu adoentada. Algo na garganta?, isso, na garganta. As tias viriam no domingo para o almoço. Ou na segunda, que era feriado — agora não me lembro ao certo.

Ele ligou para dizer que tinha chegado bem, que já estava no quarto e sala. Te desejou melhoras quando você mencionou a garganta, a febre, melhoras logo depois de você dizer que não era nada demais. Que ele não precisava voltar antes, você disse, agradeceu. Preferiu a casa só para ti e a encomenda, só para ti e os preparativos do pavê de domingo. Você não sabia sobre o peixe ainda, betta azul. E, pensando agora, se soubesse também não iria querer o bicho enfermo, apodrecido, ficando sozinho em um final de semana.

(1) Inter TV 1ª edição.
(2) Vitrine de Páscoa (detalhe).
(3) Vitrine de Páscoa (panorama).

Logo antes de desligarem o telefone, você pediu para saber mais uma coisa. Queria detalhes sobre o jornal local na TV, se o apresentador era homem ou mulher, sobre o que falavam as reportagens.

Que era normal, ele disse. Que falava dos problemas com a chuva, ruas alagadas, buracos no asfalto. Mostrava a decoração de Páscoa arruinada nas lojas, inclusive você ia gostar de ver aquela parte, ele disse, a decoração de tecido, coelhos moldados em algodão encharcados pela tempestade.

Talvez nesse instante da ligação você tenha mencionado que gostaria, gostaria sim que pudessem um dia assistir juntos ao jornal local no quarto e sala. Fazendo como de costume: ele chegando do banco, finais de tarde, tirando as meias úmidas, pendurando as meias úmidas no parapeito da janela, acendendo um cigarro e fumando até o fim, depois outro cigarro, fumando até a metade. A vinheta do jornal na TV, ele na poltrona vermelha, às vezes com os pés sobre o tamborete. Você deitada de lado no chão, cabeça sobre a almofada de chita, braços fechados sobre o estômago.

Trinta minutos? Menos, se fosse dia de jogo. Vocês dois refletiam o azul televisivo fazendo comentários pontuais, espantados com a marquise que caiu sobre os pedestres, espantados com a fila para jogar na acumulada. Talvez devessem aproveitar o preço do acém informado no comercial, não é?, sim, talvez devessem. Se abafado, ele ligava o ventilador de chão em rotativo. De sete em sete segundos vocês se sentiam bem. Cada um na sua vez.

Quando o jornal acabava, você ia esquentar a janta. Ele virava o ventilador apenas para si.

Você tem tesoura?

Tira da bolsa de mão o biscoito, a sombrinha, alcança a tesoura, estende para a aluna violinista segurando pelas lâminas. Abre a maleta para apanhar linhas, mas a aluna diz que não precisa. Quer usar as que ela comprou, comprou ontem mesmo, pensando em recomeçar as aulas.

Ela te oferece o ganchinho próximo à porta para pendurar a bolsa. Você olha o prego improvisado, diz que não precisa, que já está acostumada a dar aula com uma mão só.

Afinal, você se lembra da trama? A aluna acha que sim. Vamos ver se você se lembra mesmo, você diz a ela.

Era um desafio para estimular a aluna.

Era um desafio para você conseguir se lembrar, de uma hora para outra, como se ensinava aquilo.

A aluna tenta se decidir quanto às cores das linhas. Vamos, talvez você possa ajudá-la a fazer a escolha. Da teoria das cores você ainda se lembra bem, não se esqueceu das palavras da tia ensinando a teoria pelos bordados, uma técnica que valeria também para os tapetes, a tia avisou. Para os tapetes e para tudo.

Três cores, garota, uma central e duas variantes. A cor central tem esse nome porque à pergunta feita a um leigo, Qual é a cor deste bordado?, a resposta dada será a cor central. Por isso, preste atenção: a central conduzirá a presença das outras cores, e você pode escolher trabalhar tanto por contraste, quanto por semelhança. No primeiro caso, tudo é mais evidente, as linhas têm uma diferença forte entre si. No segundo, a distinção fica por conta das sutilezas. Sugiro que você prefira desse modo, garota, o sutil. Tanto porque vende mais, quanto porque é mais divertido quando as pessoas não conseguem dizer, não ao certo, que raio de bordado é aquele. Elas precisam pegar na mão, aproximar bastante dos olhos. Entende?

Que bom que você não chamou de garota a aluna violinista. Que bom que você editou a tia.

A aluna diz que entendeu. Separa três linhas, pede a sua opinião para saber se elas funcionarão entre si. Você recomenda que ela teste. Você demonstra. Põe a bolsa no chão, prende as linhas de base no tear, paralelas, firmes. Dedilha as linhas presas para mostrar à violinista o quanto estão firmes. Pega a agulha, prende a linha na agulha. Explica à violinista a passagem entre as cerdas firmes, demonstra que é possível inclinar a agulha para cima e também para baixo, sempre puxando a linha, na ida e na volta, ajustando os pontos a um movimento. Os movimentos são importantes, você diz à violinista, importantes para a textura. Agora toque para sentir como está, você diz a ela.

Ela toca. Põe os olhos bem rentes à trama. Este tom, ela diz. Este tom não está funcionando.

Você tem uma ideia. Vai mostrar como partir de uma trama para construir outra. Recomenda que ela se aproxime para observar os detalhes. Na ponta solta da linha, você emenda uma nova cor. Um nó bem pequeno, apertado. Notou o quão pequeno? Puxa pela extremidade a linha antiga, mostra a ela o pulso firme, vai ajustando com os dedos a passagem do nó que engata a nova linha entre a trama.

Vocês fazem o procedimento até substituírem todas as linhas pela nova cor. Com o tear erguido, você e violinista avaliam o aspecto geral. Viu como dá para refazer uma trama desfiando algumas linhas e inserindo outras?

O teu cabelo, a aluna avisa, o teu cabelo está escorrendo.

Você apanha de novo o pano de chão na bolsa. Seca o cabelo, a nuca.

(1) Capachos de fibra de coco. Mais vendidos.
(2) Laranja-da-terra pronta para doce. Promoção 6 por 10.
(3) Gravata do banco (detalhe).

•

Água.

O professor quer que você tente o nado costas. Vamos focar apenas nos braços, ok? Te entrega a boia que deve ser colocada entre as coxas. Não bata a perna, foco apenas nos braços, entendido?

Com o nariz voltado para o teto do ginásio, você se lança para os primeiros metros. A boia faz o que deve, mantém o teu corpo na superfície. Sem a preocupação com o afogamento, ou com a água invadindo o nariz, você vai bem. De costas para a profundidade, o braço acerta o movimento em todos os metros até a outra margem, onde dois colegas te esperam.

Eles comemoram com você, que acena um joia para o professor.

Nado costas é o meu preferido, ok? Ele diz que ok.

Nossa caligrafia não é mais a mesma, não mais.

Minha querida. Gosto de te chamar desse jeito, como alguém que está além de mim. Isso que te digo sobre as caligrafias, isso é importante. A assinatura deixou de ser reconhecida. No cheque, nas burocracias. Passei a grafar as letras de maneira contínua, uma emendando na outra. Coisa de que você não gostava. Preferia letras avulsas, cada uma em seu próprio eixo.

O que não mudou, não mudará, é a forma como preciso anunciar meu nome, "Magdalena com g" — a frase obrigatória que aprendemos, você e eu aprendemos a dizer desde muito cedo. Mas o *g* é mudo, não é?, as pessoas continuam perguntando. Sim, é mudo.

Me agrada que seja assim. Algumas coisas permanecendo iguais, outras modificadas. Você escrevendo de um jeito, eu de outro. Você apressada em anotar os detalhes da tia, ler os lábios da tia, juntar o que fosse possível antes que as tias voltassem da rua mandando ela se calar, mandando ela para o quarto, sem leite até o dia seguinte por ficar enchendo a tua cabeça de ideias.

A tia que lembrava de tudo do pai velho, que embolava as ideias para logo depois esclarecer as ideias, Espera não foi isso, ela dizia, Está certo foi isso mesmo, dizia também, sem largar o bordadinho para te contar do tempo na Casa de Consolação, os lençóis brancos, "eles" que deixavam que ela não tomasse o comprimido da manhã nos domingos, para conseguir ficar acordada e te ver correndo no pátio com o vestido de visita— você dando beijinhos estalados na testa da tia, conforme a mãe mandava fazer, deixando duas balas de coco de presente.

O que você vai escrever, afinal?, a tia quis saber assim que te viu trabalhando nas folhas em branco.

Na mesa da cozinha, com o cotovelo ainda dolorido do tombo para sair da janela, você escreve com as costas curvadas, tentando ser rápida para juntar os detalhes da tia com o que você mesma achava que se lembrava, costurando o pai velho junto com ele, esse encontro impossível. E as vozes também, impossíveis, a do pai velho atropelada pela velocidade do que contava a tia, e a dele, a voz dele dizendo as coisas como você queria que elas fossem ditas, ou como você achava possível que elas fossem ditas. Duas vozes, portanto, ambas construídas pela mão de quem sabia fazer os melhores tapetes da feira.

Mão sobre fundo de estrada de terra. A estrada sim, está lá, amigo preferido confirma. E é bom que seja desse modo, que a estrada exista como um cenário de verdade, e o casebre também, bastante parecido com o da tua descrição. Dois detalhes reais para o caso de alguém checar.

O apartamento do irmão chileno é de verdade, também. Pus uma foto na caixa, caso no futuro seja necessário voltar às imagens.

Sabe como me sinto escrevendo estas palavras? Me sinto retomando o tapete encomenda, desembrulhando ele dos sacos de lixo, ligando para o Edifício Casablanca meses depois para confirmar a encomenda, para explicar o atraso, o acidente, aceitando caso eles queiram cancelar, caso já tenham comprado um tapete sintético e estejam felizes com a solução. Não precisam mais do serviço, agradecidos mesmo assim.

Me sinto herdando a tua trama, trabalhando nela para que vire outra coisa. Uma coisa que faça sentido em um novo conjunto, como a figa e o minipires, alheios a uma origem comum, mas firmes em si.

•

Quando ele te mostrou o cronograma do Diretor começando no dia quatro, duas semanas antes do combinado, foi você quem reorganizou os pacotes. O de número três e quatro: agora um só. Vamos chamar de pacote X. Os livros ele buscaria depois, sem pressa. Por você estava ok, não estava?

Te avisou que tinha comprado o ônibus das nove. Quanto antes chegasse lá, melhor para o peixe. Então é nesse momento, enfim, que você fica sabendo do peixe apodrecido, necessitando de cuidados.

É a véspera. Talvez não seja, mas vamos fingir que sim porque não tenho mais tanto tempo, minha querida — o amigo preferido à espera, a carona com a mudança. Preciso fechar estas folhas e ir adiante, entende?

Vocês dois se sentam para ver o jornal local, depois de ele fumar na janela. Ele na poltrona vermelha, você no chão. Tudo certo. Com aquela barba pouca, ele tem os fios do bigode desgrenhados sobre o lábio, fios esbarrando nas escamas de pele ressecada, lábio ressecado. Você achou que podia ajudar, ajudar com aquilo, as escamas.

Não foi isso?

Se levantou do chão durante o comercial, suspendeu a saia jeans para liberar as pernas, montou no colo dele. Segurou pela mandíbula com as duas mãos firmes para, com cuidado, passar a língua úmida sobre os lábios ressecados, melando uma a uma as escamas e afastando os pelos do bigode com a ponta rija da tua língua.

Ele deixou você fazer aquilo, tirou as mãos quando você disse que queria fazer sozinha. Ele com os olhos abertos, você também. O plano era mirar a boca, a língua, lamber demoradamente, resolver de vez o ressecado com toda a tua salivação e todo o teu movimento contínuo.

Antes que recomeçasse o jornal.

Recomeçou. Terminou.

Você queria que ele não se levantasse imediatamente, que esperasse um pouco ali, contigo. Ele avisou que precisava tomar um banho. Que não sabia direito o que dizer.

Não precisava dizer nada, você respondeu. Pegou para ele uma toalha limpa no armário. Deu o aviso, rosto colado à porta do banheiro, que ia ao mercadinho e já voltava, ao mercadinho que estava fechado àquela hora, e você sabia disso, assim como ele.

•

As luzes que piscam para comemorar a época já estavam rodeando os troncos das árvores. Se a tia já tivesse te contado sobre o pai velho, você se lembraria dele agora, dos passeios noturnos para caçar besouro morto. Ele te punha nos ombros — a tia te contou um pouco depois, erguia o teu corpinho para que os olhos passassem ligeiramente do topo dos muros, para que você bisbilhotasse, pelas janelas dos vizinhos, os pinheiros sintéticos forrados de pisca-pisca.

Tias disseram que não teve disso. Tia garante que teve, sim. Vamos com ela, para ficar mais bonito.

Depois que os braços do pai velho cansavam de te erguer nos muros, íamos com olho atento aos besouros mortos na calçada. O pai apanhava os bichos e enfiava no bolso da calça jeans. Deixava você carregar o maior deles, o mais azul, no bolsinho do vestido, altura do peito. O pontiagudo das patas mortas furava o pano do teu vestido, furava a tua pele, o teu peitinho. Nenhum registro de que doía, nenhum registro de choramingo.

No topo da estante era onde o pai guardava. Caixãozinho dos besouros. Todos azuis.

Você já sabe de tudo isso, claro, conhece bem o tom daquela cor, azul-metálico. Continuam metálicos mesmo depois de muito mortos, sabia? Estou resumindo a tia.

•

As três acabaram de me ligar. Quantos são, afinal, os besouros que restaram na sacola?, a tia quis saber. Dezesseis, tia. Acabei de contar cada um deles. Não se esqueça de trazer a samambaia, ela alertou. Está confiante de que vai dar para salvá-la.

Querem saber se chego mesmo para o café da tarde, bolinhos prontos, tudo certo por lá. Confirmei. Disse que estava aqui fechando as últimas coisas. Que só faltava um detalhe importante.

Algo que quero dizer a você, por fim, minha querida. A minha adição para um fecho.

Está me acompanhando?

•

Na manhã do pacote X, você acordou cedo.

Vestiu as galochas, a capa amarela. Tomou o leite açucarado que ele te preparou. Disse que tinha que sair logo, que tinha feira. Se despediu com um beijo, lábios sem escamas. Ainda sonolento, ele forçou a abertura dos olhos para te avisar que chovia muito.

Você disse que sabia. Que tudo certo. Parou na porta para separar o dinheiro do ônibus. Todas as moedas bem apertadas no punho.

Se cuida, viu?

Você também.

Gosto de ler esta cena conforme você a escreveu. Conforme ele a teria vivido. O telefone tocando no apartamento para avisar sobre você, sobre o acidente, para mencionar o teu abdômen aberto, aquela urgência toda. Era necessária a presença de um responsável, certo? Alguém que, na tua versão, era ele, só podia ser ele. Esta cena escolhida por você como uma abertura, passagem de entrada para o que veio depois.

Pois bem. Na minha escrita, ela, a cena, fica como uma saída. Um arremate, podemos chamar assim.

Se eu puder incluir apenas um detalhe. Algo que você deixou de fora e que eu recupero aqui — tudo bem se eu fizer isso? Eu mencionaria o presente. Aquele que você deixou na mesa do quartinho para que ele encontrasse logo depois da despedida, depois do beijo quente de leite. O presente que, você supunha, faria vocês ganharem um tempo — acho que era essa a tua ideia.

Três novos rolos de filme, sessenta fotos para a câmera. Junto com um bilhete escrito à mão, a tua letra um pouco tremida. Melhor dizendo, um pouco apressada:

Algumas imagens pela frente. Vai ficar tudo bem.

Duas frases boas, inadvertidas. Para então atravessar aquela rua, aquele temporal — leio em voz alta.

III. Linhas soltas

Também as mãos às vezes têm movimentos tênues de revelação, um fechar-se rápido, delicado, côncavo guardando um minúsculo achado.

Hilda Hilst, em "Tu não te moves de ti"

O que acha de doar os frascos de colônia de laranja para o necrotério, para as defuntas?

ÓTIMA IDEIA TIA

Você tem que esticar o tronco

DÓI

Mesmo assim. Se a pele não ceder será pior

Entende?

Estamos indo na vendinha. Quer alguma coisa?

CAQUI MADURO

Vem ver, garota, hoje tem laranja-da-terra

CADÊ

Olha aqui pelo zoom da câmera lá na esquina

Seria uma boa notícia um doce de laranja, não seria?

NOTÍCIA

Teu amigo está no telefone perguntando se você quer cortar cabelo

Quer?

QUANDO

Amanhã ele te busca

NÃO SEI

Olha a tua franja

TIA NÃO SEI

Ninguém mandou usar a tesoura do hospital

TIA

TIA LÊ AQUI TIA ESPERA

Tá combinado, amanhã 3 horas ele te pega

Cara feia pra mim é mamão

Conseguimos aquele bico na padaria

Está prestando atenção? Tua tia vai ficar contigo

Vai te esquentar a comida ao meio-dia. Tudo combinado

OK

Vai te ajudar a fazer coisas com os dedos. Para treinar, como a doutora mandou

OK

O horário da padaria-escola é de sete às sete, a gente traz pão se sobrar

DE MILHO

Se sobrar

Aqui no copinho. O comprimido da dor e o antibiótico. Tome onze horas. Copo de leite na geladeira. Promete?

Alguma coisa pra gente além de um joia?

CONTENTE

Segure a bolinha com o polegar e o indicador. Assim

DÓI

Agora vá passando as bolinhas pelos dedos, uma a uma

DÓI

São dez para ela e uma para ele. Isso, força os dedos. E escreva, as frases

TIA NÃO ME LEMBRO

Lembra sim

AVE MARIA CHEIA

Isso

A GRAÇA ENTRE AS MULHERES

Certo

ROGAI PELO VENTRE QUE É CONVOSCO

Sim

E QUE O SENHOR NÃO TEM

Isso mesmo

BENDITO BENDITO BENDITO

OS FRUTOS DOS PECADORES

Todos

PORQUE AGORA E NA HORA

Em ambas

A MORTE É SEMPRE NOSSA

Amém, garota. Passe os dedos nas bolinhas repetindo isso aí

Tua tia te deu o almoço conforme combinado?

DEU

E o remédio? E o banho? E o exercício? Os dedos? E o embaraçado no cabelo? E o curativo? E o pus? E a cera nos ouvidos? A
unha? O esforço? Os gestos? As mãos? A força? A fé?

TUDO

OS PÃES TIAS

O que tem os pães?

QUANTOS FIZERAM HOJE

Trezentos e trinta

Você enfia a linha por aqui, garota, se lembra?

Força

Mais força

Agora empurra a agulha, puxa a linha devagar

Não aperte demais o ponto

Não aperte demais

Outra vez, isso, na diagonal

Use a unha

Assim

Agora volte, isso, uma vez para cada lado

Amarre

Assim não, assim

Firme os dedos, garota

Coragem, garota

Coragem nas mãos

TIAS OS PÃES

Trezentos e setenta hoje

O que tem de tão interessante nesse prontuário, garota?

Não sei como você consegue entender a letra

TIA LIGA PARA O DOUTOR

PERGUNTA O QUE SIGNIFICA

VENTILAÇÃO AUTÔNOMA DEDOS CIANÓTICOS

Ele disse que

Disse que

Significa sozinha e roxa

Estou resumindo

Está fazendo essa cara porque está na hora de comer de novo ou porque o arroz queimou?

Me faz um favor e come mesmo assim para me salvar da encrenca com as duas

ME FAZ UM FAVOR

O quê?

CONTA DO PAI VELHO

Come o arroz queimado que eu conto

Como eu posso te contar de um jeito interessante, deixa ver

CONTA QUALQUER COISA

Podia te falar do mamoeiro, não, disso eu já falei, podia te falar da carne no ouvido, isso, da carne no ouvido

ANTES QUE AS TIAS VOLTEM

Deixa ver por onde começar. Difícil saber o que veio antes e o que veio depois, garota

NÃO IMPORTA A ORDEM

Já mencionei o leitão?

A gente faz um combinado

Eu falo do teu pai velho e você não conta para as outras se eu for passear sozinha na rua

PODE SE PERDER

Consegue ficar meia hora sem babá?

SE PERDER

Se eu me perder eu ligo. Você anota os recados que entrarem na secretária. Se for eu pedindo ajuda você desce e mostra o recado pro Rai

Combinado?

Por escrito aqui, para valer

COMBINADO

Vera? É a Vera? Tô te ligando por causa do pirex, eu ia te devolver hoje, mas não consegui sair porque meu neto veio ficar comigo de novo, a mulher do meu filho teve que resolver um negócio de banco, mulher não, ex-mulher, e eu tô aqui com o menino, deve dormir aqui, com certeza vai dormir aqui, era um assunto de trocar notas, destrocar, sei lá, Vera, não entendi direito, ela viajou para trabalhar, ou de férias, isso, acho que foi de férias, e ficou com um dinheiro sem gastar na viagem e agora precisa trocar, pensa que me trouxe uma lembrancinha desse tal lugar das férias?, nada, só me trouxe o Tito encatarrado e precisando cortar as unhas do pé, olha, te devolvo o pirex amanhã ou quinta, está bem?, o Eurico foi na confeitaria, só volta de noitinha, aí ele olha o Tito para eu poder te ligar, ou você me liga quando chegar. Um abraço para você, Vera.

Tenho uma condição

OUTRA?

O passeio é um combinado, garota, condição é outra coisa

QUAL É

Que apareça o meu crédito

NO QUÊ?

No que você tanto escreve, ora. Que apareça o meu crédito para os detalhes

Quero assim, "Assinado E.L."

Quatrocentos e dez pães hoje

ENCOMENDA?

Isso. Moço do cachorro-quente

As duas estão achando que a gente não almoça e só come rosquinha

Então vamos tratar de almoçar, garota, pelo bem do meu passeio e das tuas anotações aí

Em que parte estávamos?

NO NECROTÉRIO

Ah, sim. Tua tia arranjou para ele um trabalho lá

DE QUÊ?

Colador de boca

Vera? Acredita que ontem eu liguei pra um número errado e deixei recado pra você? Ai, menina, eu não entendo nada desse negócio de celular, meu neto mais velho diz que eu preciso usar um comando de voz que liga sem discar, e eu lá sei fazer isso, Vera?, mal sei deixar um recadinho pra você. O Eurico está indo para a confeitaria todo dia de tarde e eu tenho certeza que ele tá é comendo coração de galinha por lá à minha revelia, tenho certeza, ele volta com o beiço brilhoso de gordura e nega, nega tudo porque sabe que eu vou jogar na cara dele a taxa do colesterol, velho mentiroso, olha, Vera, não esqueci do pirex, está bem?, assim que der te devolvo. Um abraço.

Compramos esse mapa no camelô que fica em frente à padaria-
-escola

Para você exercitar a vista e a mão

Você vai fazer assim: olha bem de perto e anota os nomes dos
rios. As linhas azuis, está vendo?

Deixa eu te mostrar o meu favorito, aqui ó, o São Francisco.
Um dia você me leva para passear lá

Vai anotando todos os nomes que encontrar, a gente lê quando
voltar da padaria

Queremos letra bonita, hein, bem bonita

PARAÍBA POMBA NEGRO SÃO FRANCISCO AMAZONAS
ARAGUAIA XINGU MADEIRA PURUS JURUÁ IGUAÇU
CAPIBARIBE DOCE

O que tanto você olha para essas fotos, garota? É você? Esse vestido é seu? Onde vocês estão pisando? Estava frio? Isso é branco ou roxo? Você estava contente? Não estava contente? Estavam falando da bainha da calça? Posso inventar que estavam falando da bainha e do cinema? Você fez as almofadas? Gostava? Gostava de cinema? De histórias? Dos tapetes? Dos velhos? Dos ônibus? Dos panos de chão? O que aconteceu com a flor do cabelo? O que aconteceu com a flor? O que aconteceu?

HOJE É QUE DIA?

Quatro

Vera, aconteceu uma tragédia, o Tito quebrou o teu pirex! Mas não te preocupa, eu vou na loja americana amanhã, o Eurico que falte ao passeio na confeitaria para ficar com o Tito, até aproveito e trago um chocolate pro menino, tipo um suborno pra ele se comportar melhor, mas a gente não pode falar isso porque hoje em dia subornar criança é feio, ainda mais com doce!, imagina o que teria sido a nossa vida sem subornar os filhos, Vera?, imagina o que teria sido a nossa vida sem fritura, e sem gelatina colorida para ter cinco minutos de paz no domingo, a mulher do meu filho pediu para não fazer fritura pro menino, pediu para não fazer gelatina por causa do corante, isso porque nem mulher do meu filho ela é mais, e eu ameacei o Tito, ameacei mesmo, disse que se ele contar que eu faço batata frita todo dia vai ter que comer salada de legumes até os 18 anos, no mínimo!, Vera, olha, não te preocupa com o pirex que eu compro um igualzinho, da mesma marca, antes de você voltar da viagem. Tudo certo. Um abraço.

GRANDE DO NORTE DE JANEIRO BONITO MAMORÉ
IÇÁ TROMBETAS VERDE GRANDE JAPURÁ

Toma aqui essa caneca de pão. Bastante manteiga para você
engolir escorregado

Diz que comeu o arroz e a batata, não me arranja confusão
com as duas

Deixa eu ler as folhas. O que você está tramando?, as palavras,
as fotos, os bilhetes, os detalhes? Essa voz, essa voz é dele?
Quem fala por ele? Quem fala? Importa quem fala? Por escrito
ninguém duvida de como foi? Por escrito ninguém se esquece?
Por escrito ninguém?

Nessa parte aqui, garota. Se eu fosse você começaria com uma
dança

TIA CONTA DA CASA DE CONSOLAÇÃO

Elas não gostam de mim se eu falo disso

CONTA

Vão me mandar calar a boca. Vão me mandar dormir no chão

CONTA

Na minha letra não, que eu sou doida, mas não sou boba.
Consegue ler os lábios? Consegue, garota?

TIA FALA MAIS DEVAGAR

VOCÊ DISSE DOMINÓ?

DISSE JOGAR SOZINHA?

JOGAR SOZINHA POR DOIS?

AS MÃOS SABEM?

AS MÃOS ESTÃO COMBINADAS?

QUEM FALOU?

QUEM FALOU PRIMEIRO?

TIA VOCÊ DIZ

O DIRETOR?

OU O DIRETOR?

AS CORTINAS

QUEM FEZ?

QUEM COSTUROU OS PEDAÇOS, EMENDOU OS PEDA-
ÇOS?

QUEM PENDUROU?

QUEM FECHOU AS CORTINAS?

ENTENDER OS LÁBIOS

RÁPIDO DEMAIS TIA

Põe esses dedos ligeiros, garota. Daqui a pouco as duas me pegam aqui com esse assunto e eu fico até amanhã de castigo e sem leite

O que tanto você anota?

OS DETALHES

Não se esquece do meu crédito. Assinado E.L.

Vera, desculpe não ter conseguido o pirex igualzinho, deixei na tua portaria, não sei por que você não tá atendendo, deve ter viajado pra longe, espera, Tito, que a vovó tá no telefone, então, Vera, se estiver viajando, boa viagem, aproveita, depois me liga para contar se gostou do pirex e se gostou da viagem, isso se você estiver viajando mesmo, né?, deve estar, ah!, e não se esquece de me passar também aquela tua receita de suflê, a que leva manteiga, são duas colheres, não são? Um abraço.

Você escreveu todas essas folhas ontem?

OS DEDOS

O quê?

MELHORANDO

Deixa ler

Nesta parte aqui, garota

Pode deixar escrito que o barulho era igual ao meu?

O teu barulho dentro do banheiro igual ao meu, moedor da garganta

Isso. Bonito assim

Amanhã tem desfile de peixe ornamental na pracinha

COMO ASSIM

Cada dono segura o aquário e desfila o peixe para o povo ver.
Se eu entendi bem a televisão, é assim. Doze peixes inscritos

NOVIDADE

Para mim também, nunca vi desfile de peixe. Vem comigo?

NÃO ENXERGO DE LONGE

Não precisa enxergar. Sempre tem alguém para contar o que
acontece

Olha aqui esses bordadinhos que fiz

OS BESOUROS

Estão mortos, como os da tua coleção. Fui fazendo os pontos apertados para eles sufocarem. Nem viveram, portanto. Não precisa ter pena

NÃO TENHO

Melhor assim

Estou saindo para o meu passeio, garota

Chega da janela para me dar tchau lá embaixo

Sem subir no parapeito, hein, se comporta

Na volta te ajudo a arrumar o caixãozinho, tive uma ideia

As fotos, as folhas, a tua voz anotando tudo isso conforme tua mãe queria, de um jeito só seu

Você vai ver. Vai funcionar. Tudo certo.

Agradecimentos

À minha ancestralidade sem nome, seres que coincidem em mim.

À minha ancestralidade com nome, seres que me cercam desde o nascimento ofertando a origem e o impulso para que, por mim mesma, siga nascendo: avôs e avós, tios e tias, primos e primas, minha grande e segura egrégora.

À minha mãe (dona da bondade), ao meu pai (dono da força) e à minha irmã (dona da cura) – trindade singular, amor único. À Dindi, que chegou e já é tudo.

Às tias, pela fé: no bordado, na costura, na roupa quarada, na rosquinha, no Tom Jobim, no silêncio, na goiaba, nas rezas, em tudo o que vai além.

À Moma, pelo sonho proclamado na parede. Pela bruxaria essencial.

À Malu, pela generosidade, pela inauguração. Aos que estão por vir, com minha promessa antecipada de elo e vigília.

Ao Bruno, dono do sorriso, a quem dedicar este livro ainda é pouco.

•

Ao Prêmio Sesc e à Editora Record, por esta fabulosa materialização.

Este livro foi composto na tipografia Minion
Pro, em corpo 11/15, e impresso em papel
off-white no Sistema Digital Instant Duplex
da Divisão Gráfica da Distribuidora Record.